아름다운 단편

아름다운 단편

초판 1쇄 발행 2025년 11월 25일

지은이 황경란
펴낸이 강수걸
편집 이혜정 강나래 오해은 이선화 이소영 유정의 한수예
디자인 권문경 조은비
펴낸곳 산지니
등록 2005년 2월 7일 제333-3370000251002005000001호
주소 부산시 해운대구 수영강변대로 140 BCC 626호
전화 051-504-7070 | 팩스 051-507-7543
홈페이지 www.sanzinibook.com
전자우편 sanzini@sanzinibook.com
블로그 sanzinibook.tistory.com

ISBN 979-11-6861-546-5 03810

* 책값은 뒤표지에 있습니다.
* 잘못된 책은 구입하신 곳에서 교환해드립니다.
* 본 도서는 인천광역시와 (재)인천문화재단의 후원을 받아
'2025 예술창작지원사업'에 선정되어 제작되었습니다.

황경란
소설집

아름다운 단편

산지니

차례

오늘의 철수	7
우리 집 아래층에 할머니가 산다	39
엄마를 알까요?	71
아름다운 단편(斷片)	107
나에게 필요한 밤	139
안녕 키티	167
돌의 기억	199
붉은 밤	225
작가의 말	253

오늘의 철수

율은 자신이 적어 놓은 글자를 가만히 내려다보았다. 어쩌다 '쌀' 밑에 '콩'처럼 서로 연결이 되는 말들도 있었지만, 대부분은 서로 연결이 되지 않았다.

퇴근 시간이 다가오면 율은 사람들의 소리를 빠르게 옮겨 적었다. 언제부터인지는 율도 기억나지 않는다. 대신 언제부터인가 자신이 무언가를 쓰고 있다고 느꼈다.

율은 행정복지센터에서 민원서류를 발급한다. 무인 민원발급기의 전원을 확인하고, 용지를 넣고, 화면을 닦고, 지문인식기의 먼지를 털어내는 점검 시간을 제외하면 언제나 민원 창구의 맨 끝에 앉아 있다.

율의 그 자리는 복지과로 들어가는 이정표와 같은 곳이다.

"저기, 맨 끝의 창구에서 안쪽으로 쑥 들어가면 아

주 깊숙한 곳에 복지과가 있습니다."

위치를 설명하는 직원들의 소리가 들릴 때마다 율은 사람들의 손가락 끝이 자신을 가리키는 것 같아서 고개를 숙였다. 어쩔 수 없는 일이라고 생각했지만, 어쩔 수 없는 그 일이 자신을 향하는 것은 늘 불만이었다.

그래서였다고 율은 생각했다.

자신의 자리를 지나 안쪽 깊숙한 곳에서 들리는 사람들의 목소리. 율은 그들의 소리가 또렷이 들렸다. 때로는 묻고, 때로는 따지고, 때로는 부탁하는 소리였다. 이 나라는 어떤 나라입니까? 묻기도 했고, 이 나라는 어떤 나라입니까? 따지기도 했다.

그날이었을 것이다, 라고 율은 짐작할 뿐이다. 그때부터 종이에 낙서를 시작했고, 얼마 지나지 않아 왼쪽과 오른쪽을 구분해 가며 적었을 거라고, 율은 생각했다.

처음에는 한두 개의 말이었다. 그러다 다음 날이 오고, 또 그다음 날이 오면 한두 개의 말들 옆으로 다른 말들이 추가됐다.

골목, 행복한, 정숙, 복지, 증명서, 카드, 외할머니, 외할아버지, 손, 이혼, 우산, 안녕하세요, 문, 거짓말,

동생, 통장, 수급, 인정……

율이 기억하고 기록한 말들이었다.

다른 사람들에게 율의 기록은 의미를 찾을 수 없는 단순한 글자에 불과했다. 율의 동료들은 가끔 그가 적은 말들을 들여다보곤 했다.

"뭐야?"

동료들이 물었다.

율은 여기에 앉아서 저기의 소리를 적는다고 말했다. 율은 진지했고, 율이 진지한 탓에 동료들은 마지못해 뒤를 돌아보았다. 처진 어깨와 빛바랜 신발이 눈에 띄는 사람들이 의자에 앉아 있었다.

"소리가 들린다고? 소곤대는 저 소리가 들린다고?"

율은 들렸다.

"나는 속삭이듯 말하는 저 소리가 들려요."

동료들은 율의 표정보다 더 진지한 얼굴로 율에게 되물었다.

"여기에서? 저기의 소리가?"

율은 고개를 끄덕였다.

"내 자리가 그런걸요."

율의 자리는 창구의 맨 끝이었다.

무언가를 탓하기에 적당했고, 무언가를 핑계 삼기

에도 적당한 끝이었다. 보다 더 춥고, 보다 더 더운 곳이라도 상관없을 때, 갈피를 잃은 사람들의 시선이 머물러야 할 때, 그럼에도 불구하고 자리라서 앉아야 할 때, 그럴 때 필요한 자리가 율의 자리였다.

율은 충분히 속상했다. 다른 자리를 원했지만 말할 용기가 없었다. 대신 율은 자신의 마음을 숨기기 위해 더 열심히 일했고, 더 열심히 들었다.

나는 저 소리가 들려요. 이 자리가 그런 자리인걸요, 라고 말끝을 흐렸을 때, 왜 여기에 앉아야 해요? 여기는 너무 춥고 너무 더워요, 라고 말하고 싶었다. 하지만 율은 그렇게 하지 못했다. 율은 그런 사람이었다. 왜, 라고 무언가를 따져 묻기에는 겁이 났다. 율은 쉽게 순응하는 사람이었고, 너무 춥고 너무 더운 자리에 앉아서 매일같이 억울함을 감춘 얼굴로 불만을 키워 나갔다.

하지만 시간이 지나자 율은 수군대고 소곤대는 사람들의 목소리에서 힘을 얻었다. 나보다 못한, 나보다 더 불행한, 나보다 더 맨 끝에 앉아 있는 사람들의 소리였다.

율이 그들을 도와야겠다고 생각한 건 얼마 전이었다. 철수를 만나기 몇 주 전이었고, 왼쪽과 오른쪽을 가르는 선이 생겨나기 며칠 전이었다.

그날, 율은 평소보다 더 많은 말들을 종이에 적었다.

"전에도 있었던 길이고 도로입니다. 백 년뿐이겠습니까! 조선 왕조 오백 년도 모자랍니다. 길이 하루아침에 사라졌다는 게 말이 됩니까! 돈이면 역사도 사고, 시간도 사고, 뭣도 사고, 다 삽니까?"

민원창구 앞에서 호통을 치던 남자였다. 종이를 말아 쥔 남자의 오른손이 천장을 찔러 댔다. 남자는 천장을 찌르다 팔이 아프면 창구 앞에 앉은 직원들을 향해 삿대질을 하며 목소리를 높였다.

"이 호랑말코 같은 도둑놈을 시에서는 왜 가만히 둡니까? 눈이 멀었습니까?"

유별난 민원인이었지만 특별할 것은 없었다. 이런 민원은 늘 있었고, 지침대로 몇몇의 직원들이 남자를 제지하기 위해 자리에서 일어났다.

"여기서 이러시면 안 됩니다. 소리를 지르면 안 됩니다. 욕을 하시면 안 됩니다. 화를 내셔도 안 됩니다. 시를 비하해서도 안 됩니다."

남자를 말리는 직원들의 목소리는 높지 않았다. 두 사람이 남자의 오른손을 잡았고, 등을 가볍게 밀며 밖으로 나갔다.

상황은 금세 마무리가 됐다. 유별나지도, 특별하지

도 않은 하루였다. 하지만, 율은 그날의 소란이 마음에 들었다. 모처럼 머리가 맑아졌고 기분이 상쾌해졌다. 화를 내고 소리치는 남자의 모습에서 율은 분노를 보았다. 분명히, 다른 소리였다. 그렇게 기억했고, 그렇게 기록했다. 많은 말들이 일렬로 늘어섰다. 남자가 소리치며 했던 말과 직원들이 남자를 달래며 했던 말들이 두서없이 적혔다.

돈이 있고, 역사가 있고, 시간이 있었다. 호랑말코가 욕이 됐고, 욕을 시작으로 안 됩니다, 가 반복해서 적혔다.

그리고 그날, 율은 종이에 선을 그었다. 아래로 곧게 내려간 선이었다. 선을 중심으로 왼쪽과 오른쪽의 구분이 생겨났다. 왼쪽에는 많은 소리가 적혔다. 묻고, 따지고, 언성을 높이던 남자의 목소리였다. 부족한 것, 부족할 수밖에 없어서 원하고 바라는 것들의 소리였다. 그에 비해 오른쪽은 단 한 줄이었다.

안 됩니다.

남자의 팔을 잡아끌던 직원들의 소리였다.

율이 의도한 것은 아니었다. 다만, 율은 오른쪽보다 왼쪽에 적힌 글자가 많을수록 기분이 좋아졌다.

물론, 철수를 만나기 전의 일이었지만, 철수를 만난 후에도 마찬가지였다. 늘어나는 왼쪽의 기억을 들여다볼 때마다 율은 철수를 떠올렸고, 철수를 떠올릴 때마다 철수와 같은, 철수처럼 출발선이 뒤처진 사람들을 보는 것 같았다.

그래서였을 거라고 율은 생각했다.

(그리고) **철수**

*

갈빗집이라고 할걸. 냉면집보다는 갈빗집이 더 있어 보일 텐데. 문자를 보낼까? 뭐라고 하지. 사실은 냉면집이 아니고 갈빗집이야. 이렇게 할까? 그러면 누나는 고기 많이 먹겠네, 라고 답장을 하겠지. 그러겠지. 그럴 거야. 분명히 그럴 거야. 그런데 아니면, 답장이 안 오면, 그러면, 그러면 어쩌지. 잠깐만……전화는 누가 먼저 했지? 내가? 누나가? 누구였지, 누구였더라. 내가 어디에 서 있었지? 여기? 아니면 저기? 맞아. 여기였어. 이 자리에서 내가 먼저 전화를 했어. 전화를 건 사람은 누나가 아니고 나였어.

철수의 머릿속은 언제나 시끄러웠다. 지나간 기억과 후회를 시작으로 꼬리에 꼬리를 무는 생각들로 늘 뒤죽박죽이었다.

그때, 내가 뭘 하고 있었지. 여기에서, 내가 뭘 하고 있었지. 그걸 생각해야 해…… 모르겠어. 그냥 처음부터 갈빗집이라고 할걸. 그랬어야 해. 그러면 나는 누나한테 고기를 먹는 사람이 됐을 거야. 그러면 좋았을 텐데. 이제라도 문자를 할까? 휴. 그때 문자를 했어야 해. 난, 이미 가게를 나왔잖아. 맞아. 나는 지금 걷고 있는걸.

가게를 나와서도 철수는 여전히 처음의 후회를 이어 갔다. 다행히 율이 오른쪽에 적었다는 크리스마스트리가 떠올랐다. 하지만, 더 어두워져야 크리스마스트리의 불빛이 선명해질 것 같았다.

크리스마스트리를 떠올리기 전까지, 크리스마스트리를 떠올린 후에도, 꽤 긴 시간 동안 철수는 냉면집과 갈빗집 사이에서 후회를 반복했다.

누나를 속이고 싶지는 않았다. 하지만, 누나를 속여서라도 철수는 더 나은 사람이 되고 싶었다. 기준은 없었다. 냉면집보다는 갈빗집이 나아 보였고, 그렇게 될 수 있는 방법을 찾기 위해 철수의 머릿속이 복잡해졌다.

누나와는 어제도 통화를 했다. 철수는 어제와 비교해서 달라진 것을 누나에게 알리고 싶었다. 방학 동안 시작한 아르바이트, 가게, 거리의 불빛, 12월의 바람. 어제는 말하지 못한 것들이었다.

철수가 누나와 떨어져 지낸 지는 일 년이 지났다. 철수가 장기쉼터로 옮겨 오는 동안의 일 년이었다. 장기쉼터는 얼마 전에 옮겨 왔다. 그날은 누나가 먼저 철수에게 전화를 걸었다.

"학교 잘 다니고."

휴대전화 너머로 들려오는 누나의 당부였다. 이날을 빼고는 언제나 철수가 먼저 누나에게 전화를 걸었다.

"누나, 나."

"그래."

"나야, 누나."

"그래."

짧은 통화였지만 철수는 누나의 목소리를 듣고 싶었다.

누나는 철수보다 한 살이 더 많았다. 철수가 열여섯 살 때, 열일곱 살이던 누나가 먼저 집을 나갔다. 가출청소년쉼터에 입소한 것도 누나가 먼저였다. 철수는 누나가 없는 집에서 두 달을 버텼다. 누나를 기다린 두 달이기도 했고, 누나가 없어서 견딜 수 없던 두 달이기도 했다.

그러다 더 이상 견딜 수 없던 어느 날, 철수도 집을 나왔다.

"잘했어. 그리고 미안해."

잘했어, 라고 말할 때 누나는 정말로 잘했다고 칭찬을 했다. 미안해, 라고 말할 때도 진심으로 미안해했다.

"괜찮아."

철수는 괜찮았다. 누나가 없어서 집을 나올 수 있었다고, 누나에게 자랑스럽게 말했다.

언제나처럼 짧은 통화였다.

통화가 끝나고 철수는 쉼터에 입소하기 위해 많은 것들을 적었다. 이름과 나이와 학교와 집 주소와 집을 나온 이유와 며칠 동안 누구와 어떻게 지냈는지. 철수는 이 모든 것을 기억해내야 했다.

"다 기억나지 않는데요."

철수가 말했다.

"다 적을 필요는 없지. 생각나는 대로 몇 개만 적자."

"몇 개가 몇 개예요?"

"글쎄, 몇 개를 적고 싶은데……?"

선생님이 웃었다.

볼펜을 내려놓으며 철수가 말했다.

"모르겠어요."

철수는 아무것도 적지 못했다. 머릿속이 시끄러웠고, 그럴수록 철수는 말이 없는 아이가 되어 갔다.

모르겠어요, 에서 잘못된 거야. 선생님, 저는 모르지 않아요. 알고 있어요. 시작은 소리였어요. 소리는 어떻게 적어야 해요? 이렇게 물었어야 해. 만약에 선생님이 그 소리를 듣는다면, 선생님은 어떻게 적으실 거예요? 이렇게 물었어야 해. 소리를 말하고, 소리에 대해서 물으면 그 소리는 말이죠, 라고 시작하는 거야. 방이 너무 작아요. 누나와 저, 엄마와 아빠, 네 사람이 함께 살기에는 방이 너무 작아요. 소리가 들려요. 소리의 시작은 어떻게 적어야 해요? 개나 고양이도 소리를 내나요? 누나가 제 귀를 막았어요. 누나는 더 많은 소리를 들었어요. 누나가 집을 나갔어요. 교복을 두고 나갔어요. 교복이 없으면 학교에 갈 수 없다고 누나가 말했어요. 저도 집을 나왔어요. 엄마와 아빠는 밤마다 소리를 냈어요. 그리고 잤어요. 저는 길에서 잤어요. 학교는 가끔 갔었죠. 혼자 자요. 혼자 있었죠. 배가 고팠어요. 무서웠어요. 추웠어요. 선생님은 엄마와 아빠가 계세요? 아, 저는 남자예요. 누나는 여자예요. 누구와 어떻게는 어떻게 시작해야 하는 거예요?

주변이 아무리 조용해도 철수의 머릿속은 시끄럽고 복잡했다. 철수는 자신의 상태를 설명했다.

"여기는 조용하지만 제 머릿속은 언제나 시끄러워요."

철수가 이렇게 말하면 어떤 사람은 웃고, 어떤 사람은 왜? 라고 되물었다. 철수는 사람들이 웃든, 왜라고 묻든, 상관없이 모른다고 말했다. 사실 철수도 알지 못했다.

"그걸 알면 제 머릿속은 시끄럽지 않겠죠."

볼펜을 손에 쥐고 있다면 볼펜을 쥔 채로, 서 있다면 선 채로 말했다. 그러면 사람들은 철수의 손에 들린 볼펜을 빼앗거나 철수를 억지로 의자에 앉혔다.

"안 돼. 정확히 말해야지."

철수는 말하지 못했다. 이름과 나이를 적고 나면 더 이상 적을 수가 없었다. 쉼터의 선생님이 내민 입소신청서의 칸칸을 철수는 채우지 못했다. 대신, 적지 못하는 빈칸마다 가로줄과 세로줄을 반복해서 긋고, 또 그었다.

크고 작은 거미줄이 사방에 그려졌다. 어떤 거미줄은 너무 크고 힘이 세서 신청서의 귀퉁이를 잘라 내기도 했다. 신청서에 더 이상의 거미줄을 그릴 수 없게 되자, 철수는 선생님이 갖고 있는 다른 종이에 가로줄과 세로줄을 이어 붙였다. 선생님은 기다리지 않았다. 볼펜을 쥔 철수의 손을 맞잡은 채 볼펜을 힘껏 빼앗았다.

"안 돼. 이제 그만!"

*

'그리고 철수'는 철수도 알고 있다.

"일종의 마침표."

율이 철수에게 말했다.

정확히는 자신이 맡은 학생의 이름을 기억하기 위해서라고 말하려 했지만, 율은 철수에게 마침표라는 말을 꺼내고 말았다.

그날은 율과 철수가 두 번째로 만나는 날이었다. 율과 달리 철수는 반가운 기색 없이 무표정한 얼굴로 두 눈을 깜빡거렸다. 무표정해서인지 철수의 표정은 언제나 비슷했다.

율은 철수의 표정을 보자 안심이 됐다. 진로체험교실이 끝날 때까지 '그리고 철수'를 일종의 마침표로 왼쪽에 내버려둘 수 있을 것 같았다.

"언제나 머릿속이 시끄럽다고 말하는 학생이에요.

끊임없이 방금 지나간 자신의 말을 생각하죠. 대부분 후회예요. 이렇게 할걸, 아니면 저렇게 할걸. 강박까지는 아니고요. 어떻게 보면 솔직한 거죠."

철수와 첫 만남이 있기 전, 쉼터의 소장이 들려준 철수의 특이 사항이었다.

율의 눈에 철수는 또래의 평범한 고등학생이었다. 키가 크고 팔다리가 길어 보인다는 것 외에 특별한 것은 없었다. 소장은 어색한 분위기를 풀기 위해 철수가 길거리캐스팅을 받은 적이 있다고 전했다. 철수의 얼굴이 잠깐 붉어졌다.

그리고 철수가 말했다.

"내복이요. 빨간색 내복을 입을 뻔, 했어요."

율이 큰 소리로 웃었다.

내복을 입을 뻔했지만 절대로 도장은 찍지 않았다고, 도장을 찍었으면 어떻게 됐을지. 그 아저씨를 만나지 않았다면 어떻게 됐을까요? 그날 밖에 나가지 않았다면요? 밖에 나갔어도 그 길을 걷지 않았다면…… 아니면, 누나에게 전화를 걸었다면, 그 아저씨의 양복이 참 좋아 보였는데 그런 양복이 아니었다면, 그랬다면, 그랬다면……

철수의 후회가 한참 동안 이어졌다.

율은 소장의 반응을 눈여겨보았다. 소장은 철수의

말에 고개를 끄덕이거나 한쪽에 놓아둔 수첩을 끌어다 무언가 옮겨 적기도 했다. 어느 그랬다면, 에서는 맞장구를 치고 고민에 찬 철수의 표정을 따라 짓기도 했다. 그러다, 어느 순간이 되었다.

소장이 철수의 손을 맞잡으며 말했다.

"이제 그만!"

철수는 더 이상 시끄러운 머릿속을 보여 주지 않았다.

소장이 자리에서 일어나자 철수가 소장의 뒤를 따랐고, 그 뒤를 율이 따랐다.

율은 소장의 안내를 받으며 보호청소년들이 장기 쉼터로 사용하고 있는 3층과 4층을 둘러보았다. 학생들의 방과 화장실, 휴게실과 거실, 주방을 돌아보는 동안, 소장은 틈틈이 이번 진로체험교실에 참여하게 된 이유를 율에게 물었다.

율은 관내의 모든 공무원에게 발송된 메일을 읽고, 신청서를 보내고, 기다리고, 교육을 받고, 이곳에 오기까지의 일들을 흩어진 조각처럼 앞뒤 없이 풀어냈다.

돈이면 역사도 사고 뭣도 사고 다 살 수 있냐고 소리치던 남자의 기억도 포함됐다. 그날을 시작으로 어느 순간까지는 분명히 기억하지만, 또 어느 순간부터는 기억이 사라졌다고 말했다. 메일을 보내고 신청서를 작성하고 전송하고 답장을 기다렸던 기억은 있지만, 사전 교육을 알리는 메일을 클릭할 때는 '이게 뭐지?' 하며 고개를 갸우뚱거렸다고 했다.

'학교 밖 청소년들과 함께하는 진로체험'이라는 말이 어찌나 길고 낯설던지. 학교 밖, 청소년, 진로체험이라니. 신청한 기억조차 잊고 있었던 지난 며칠이 거짓말처럼 느껴졌다. 하지만, 지금 생각해도 자신이 누군가를 도울 수 있다는 건, 정말 멋지고 감사한 일인 것 같다고 말했다.

소장은 율의 이야기가 길어지자 몇 걸음 앞서 걸었다. 3층에서 4층으로, 다시 4층에서 3층으로 계단을 오르고 내릴 때는 몇 계단 앞서 걷기도 했다. 그래서인지 소장을 뒤따르는 율의 목소리가 점점 높아졌다. 나중에는 '멋지고 감사한 일'이라는 율의 목소리가 층계를 따라 흘러내렸다.

철수와의 일대일 멘토링은 쉼터를 둘러보고 나서 시작됐다. 율이 쉼터를 둘러보는 동안 철수는 3층에 있는 사무실과 상담실에서 시간을 보냈다.

사무실 선생님들은 철수의 키가 아침보다 더 커 보인다며 철수에게 농담을 건넸다. 군대에 갈 때까지, 제대를 할 때까지, 키가 클 거라며 철수에게 모델이 되면 어떻겠냐고 말했다. 선생님들의 머릿속에는 여전히 빨간색 내복을 입을 뻔한 철수의 이력이 남아 있었다.

철수는 선생님들의 반응을 대수롭지 않게 여겼다. 선생님들이 웃는 동안 철수는 율을 기다리기 위해 상담실로 들어갔다. 의자 깊숙이 엉덩이를 집어넣었고 깍지 낀 두 손을 책상 위에 올려놓았다.

얼마 후, 노크 소리와 함께 율이 상담실 안으로 들어왔다. 율이 먼저 웃음을 지었다. 철수는 율의 웃음에 반응하지 않았다. 이후에도 철수는 말이 없었다. 묻는 말에만 대답을 했고, 산책을 나서기 전까지 율에게 말을 건네지 않았다.

그날 율은 많은 말을 했다. 첫날이었고 첫날부터 진로체험교실을 시작할 수는 없었다.

우선 소장에게 들은 철수의 지금과 일 년 전의 일을 물었다. 철수의 나이와 학교, 단기쉼터를 거쳐 이곳 쉼터로 오기까지의 일 년과 다른 쉼터에 있는 누나, 사회성이 결여된 폭력적인 부모, 4층 철수의 방, 방학 때 시작할 냉면집 아르바이트와 크게 웃었던 길거리캐스팅. 그리고 이어지는 좋아하는 음식, 되고 싶은 것과 하고 싶은 것, 관심 있는 것과 잘하는 것을 쉬지 않고 물어 댔다.

그때마다 철수는 모른다거나 없어요, 라고 말했다.

철수의 모르겠어요가 반복되자 흥미를 잃은 건 율이었다. 율은 흥미를 잃을수록 더 많은 질문을 해 댔고, 철수는 더 많은 모르겠어요, 를 반복했다.

율은 마주 앉은 철수의 모습에서 민원 창구의 맨 끝을 지나서 안으로 들어가는 사람들의 뒷모습이 보였다. 때로는 묻고, 때로는 따지고, 때로는 언성을 높이는 사람들. 소곤대고 수군대며 도움이 필요하다고 말하는 그들의 모습이 철수 같았고, 철수가 그 사람들인 것 같았다.

중학교 때 가출한 아이. 부모를 피해 쉼터에 사는 아이. 머릿속이 시끄럽다고 하소연하는 아이. 철수는 그런 아이였다.

일주일이 지나고 다시 철수를 만났을 때, 율의 첫 느낌은 변함이 없었다. 그래서 율은 매일같이 적고 있는 왼쪽과 오른쪽의 기억을 철수에게 들려주었다.

"그리고 철수. 매일같이 너의 이름을 적어. 일종의 마침표처럼 말이지."

두 번째 수요일 저녁, 율이 철수에게 말했다.

약속된 두 시간이 끝나갈 무렵이었다. 율은 두 시간 가까이 철수에게 진로체험교실의 방향을 설명했다. 진로체험을 위해 필요한 것들, 앞으로 체험할 진로의 방향, 공무원과 목수, 소방대원과 기타리스트 등 쉼터 주변에 있는 관공서와 상가, 학원을 중심으로 범위를 넓혀 가자고 했다.

그리고 다음 주를 약속하며 철수에게 물었다.

"너는 뭘 좋아해? 다음에는 철수가 좋아하는 걸 말해야 해. 그래야……."

율은 철수의 대답을 기다렸다.

잠깐의 시간이 흘렀다.

"왼쪽이었어요? 오른쪽이었어요?"

철수가 물었다.

*

냉면집을 나온 지 한참이 지났어도 철수의 머릿속은 여전히 시끄러웠다.

철수는 서둘러 쉼터로 향했다. 율이 쉼터를 방문하는 수요일 저녁이었다. 율은 저녁 7시가 되기 전에 쉼터에 도착했다. 쉼터에 도착하면 다른 학생들과 함께 저녁을 먹었고, 가끔씩 피자와 치킨과 콜라를 사 오기도 했다.

철수는 수요일마다 율을 기다렸다. 쉼터의 친구들

처럼 율이 사 오는 간식을 기다린 적도 있었지만 철수가 더 기다리고, 더 기대한 것은 율이 들려주는 왼쪽과 오른쪽의 말들이었다.

율은 진로체험교실이 끝나면 왼쪽과 오른쪽에 기록한 단어들을 철수에게 들려주었다. 처음에는 율이 먼저 이야기를 꺼냈다. 어색한 분위기 탓도 있었지만 율은 왼쪽과 오른쪽의 의미를 철수가 이해하지 못하거나, 전혀 관심이 없을 거라고 생각했다. 하지만 율의 생각과 달리 철수는 왼쪽과 오른쪽의 말들을 기억하고 있었다. 지난주부터는 철수가 먼저 율에게 물었다.

"왼쪽은요? 오른쪽은요?"

율은 당황했다.

철수는 율의 대답을 기다리는 동안 습관처럼 그어 대던 가로줄과 세로줄의 거미줄을 그리지 않았다.

율은 질문하는 철수가 낯설었다. 깨어 있는 철수의 눈빛이 싫었다. 율은 마지못해 언제나처럼 왼쪽에는 밥과 반찬 같은 말들이 적혔다고 말했다.

"오른쪽은요?"

철수가 다시 물었을 때, 율은 선뜻 대답하지 못했다.

몇 주가 지나도록 율이 적은 오른쪽의 말은 딱 하

나였다. 율은 철수에게 말하고 싶지 않았다. 그래서 그저 한두 개의 말을 오른쪽에 적었다고 말했다.

"예를 들면요?"

'예를 들면……?'

율은 철수의 질문에 생각을 해야 했다. 율은 지난주와 지지난주의 기억을 떠올렸다. 안 됩니다, 는 오래전의 소리였다. 율은 얼마 전에 적은 크리스마스트리를 말해 주었다.

"크리스마스트리."

'크리스마스트리…….'

철수는 율이 '크리스마스트리'라고 말할 때 부드럽게 이어지는 어감이 좋았다.

저녁 9시가 지나고 율이 쉼터를 나가자, 철수는 서둘러 제 방이 있는 4층으로 올라갔다. 좁은 계단을 오르는 동안, 철수는 율이 말한 왼쪽과 오른쪽을 가르는 선을 머릿속에 그었다.

위에서 아래로, 반듯한 선이 생겨났다.

철수는 침대에 누워 천장을 올려다보았다. 크리스마스트리가 서 있는 오른쪽을 시작으로 두 시간 동안 율이 물었던 수많은 질문들이 머릿속에서 한꺼번에 쏟아져 나왔다.

학교는? 친구는? 누나는? 쉼터는? 방은? 날씨는?

공부는? 숙제는? 교복은? 머리는? 팔은? 다리는? 아르바이트는? 돈은? 꿈은? 미래는? 희망은? 사랑은? 여기는? 나는? 그리고 철수는?

율의 질문이었다.

율과 함께한 두 시간 동안, 철수의 머릿속은 어느 때보다 더 시끄럽고 복잡해졌다. 어떤 질문에는 답을 하고, 어떤 질문에는 답을 하지 않았다. 그때마다 왼쪽과 오른쪽을 가르는 선이 필요했다.

철수는 침대에 누워 이쪽과 저쪽으로 율의 질문들을 갈라놓았다.

부족한 것은 왼쪽으로 차고 넘치는 것은 오른쪽으로.

넘치는 것과 부족한 것의 차이를 철수는 알지 못했다. 그랬음에도 철수는 왼쪽과 오른쪽으로 갈라지는 생각들이 재미있었다.

마침표처럼 찍는다는 '그리고 철수'가 마지막에 남았다. 철수의 머릿속에서 '그리고 철수'가 움직이기 시작했다.

왼쪽일까? 오른쪽일까?

오른쪽일까? 왼쪽일까?

율이 대답하지 않은 하나였다.

*

 율은 철수를 생각했다. 철수는 도움이 필요한 학생이라는 게 율의 생각이었다. 율은 철수를 돕기 위해 퇴근 후 쉼터로 향했다. 바쁜 저녁 시간을 쪼개고 쪼개서 철수를 만났고, 철수와 비슷한 학생들을 보았다. 율은 그렇게 생각했다. 행정복지센터에서 쉼터까지, 버스를 타고 정류장에 내려서 비탈길을 따라 오르는 이십여 분의 거리가 쉼터와 쉼터의 학생들을 말해주고 있었다.

 언덕 끝까지 오르고도 한참을 걸어가는 후미진 골목, 재건축을 앞두고 빈집이 늘어나는 거리, 그곳에 쉼터가 있었다. 그래서 율은 자신이 준비한 진로체험교실이 철수가 이 집과 이 거리에서 탈출하는 데 많은 도움을 준다고 확신했다.

 율은 철수에게 목공예를 권했다.

 철수가 공책의 모서리마다 습관적으로 그리는 가로줄과 세로줄을 설계도와 연결시켰다.

 멋지다고 말했고, 그 위에 그림을 그리면 설계도와 도면이 될 것 같다고 했다. 무엇을 그릴까? 율이 물었지만 철수는 이해하지 못했다.

 "뭘 그려요?"

철수는 뭘 그려요, 다음에 왜 그려요? 를 물었다.

율은 철수에게 뭘 그리고, 왜 그려야 하는지 설명하지 못했다.

"진로체험 중 하나야. 목공예를 배워 보는 건 어때?"

철수는 싫다고 말했다.

율이 철수와 처음 만나던 날, 율의 질문이 끝나고 둘은 쉼터를 나와 짧은 산책을 했다.

"선생님은 공무원이죠?"

철수가 먼저 물었다.

"공무원이지."

"편해요?"

"안 편해."

"뭐 해요?"

"일하지."

율은 민원서류를 발급하고 무인민원발급기의 먼지를 닦고 용지를 갈아 끼운다는 말은 하지 않았다.

"무슨 일이요?"

율은 잠시 생각했다. 자신이 하는 일보다 창구의 맨 끝에 앉아 있는 자신의 자리가 먼저 떠올랐다.

"복잡해. 너는 말해도 모를걸."

"네……."

철수는 온순한 아이였다. 머릿속이 시끄럽다는 하소연을 빼면 문제가 없어 보였다. 율은 네, 라고 말하며 고개를 끄덕이는 철수를 눈여겨보았다. 지금처럼 자신이 시키는 일에, 묻는 말에, 언제나 고개를 끄덕여 주길 바랐다.

수요일이 지나고, 다음 수요일이 올 때까지 율은 다음 날에도 그다음 날에도 퇴근 시간을 앞두고 마지막에는 어김없이 철수의 이름을 적었다.

철수의 이름은 언제나 왼쪽 맨 끝이었다.

(그리고) **철수**

일종의 마침표이기도 했지만 율의 다짐이기도 했다.

*

철수는 율의 말이 어려웠다. 그중에서도 꿈과 희망과 미래에 대한 이야기는 무의미하게 느껴졌다. 그나마 철수가 관심을 가진 건, 율이 말한 왼쪽과 오른쪽의 말들이었다.

왼쪽에는 부족한 거, 오른쪽에는 차고 넘치는 거.

그날 이후 철수는 걸을 때마다 부족한 것과 넘치는

것을 왼발과 오른발에 맞춰 노래하듯 되뇌었다.

 철수와 율이 처음 만나던 날이었다. 서먹했던 첫 상담을 끝내고 둘은 짧은 산책을 나섰다. 쉼터를 나와 경사진 언덕길을 천천히 오르던 중이었다. 가로등이 꺼진 빌라의 창문에 붉은색 페인트로 X자가 크고 굵게 그어져 있었다. 철거를 앞둔 빈집의 표시였다. 비탈길을 오르는 동안 두 사람은 아무 말도 하지 않았다.
 비탈길을 내려가기 위해 율이 몸을 돌렸을 때였다.
 "선생님은 공무원이죠?"
 철수가 물었다. 철수는 목공예보다 공무원이 무슨 일을 하는 사람인지 알고 싶었다.
 "뭐 해요?"
 율은 선뜻 대답하지 못했다.
 주춤거리고, 머뭇거리고, 망설이고, 돌아서고, 침묵하고, 눈을 감고, 눈을 흘기고, 발길 멈추던, 율의 행동은 철수에게 낯설지 않은 모습이었다.

 철수는 수요일마다 율을 기다렸다. 율에게 묻고 싶은 것도 생겼다. 일종의 마침표라는 말이 무슨 뜻인지 알지 못했지만, 율이 자신의 이름을 기억하고 있는 것 같아서 기분이 좋았다.

진로체험교실이 끝날 때면 철수는 율에게 매번 같은 것을 물었다.

"오늘의 철수는 왼쪽이었어요? 오른쪽이었어요?"

율은 대답하지 못했다. 머뭇거렸고, 어느 쪽이었는지 기억나지 않는다고, 기억이 나면 다음에는 꼭 알려주겠다고 말했다.

철수는 기억나지 않는다는 율을 위해 자신이 기억하고 있는 것을 말해주었다.

"왼쪽에는 많은 말들이 있었어요. 그리고 오른쪽에는 안 됩니다가 있었어요. 그리고 또 크리스마스트리가 있었어요."

철수는 아르바이트가 끝나고 쉼터로 돌아오는 길에 크리스마스트리를 열심히 찾는다는 말도 했다.

율이 말한 크리스마스트리는 행정복지센터에 세워진 트리였다. 민원 창구의 맨 끝, 구석진 곳에 커다란 크리스마스트리가 세워졌다. 율은 잘 보이지 않는 곳에 생각보다 커다란 트리가 놓여 있다면 그게 바로 차고 넘치는 것이라고 했다. 그런 곳에 트리가 세워진 이유는 단순했다. 없는 것보다는 있는 것이 나을 때, 그래서 쓸모 있는 것과 쓸모없는 것의 차이가 불분명할 때, 그럴 때, 그런 곳에 무언가를 세워 놓는다고 했다. 물론, 율은 자신의 옆자리에 크리스마스트리가 세워져 있다는 말은 하지 않았다.

철수는 율이 말한 오른쪽에 놓인 크리스마스트리를 생각하며 또 한 주가 지나가길 기다렸다.

*

다시 수요일 오후가 되었다.
철수는 진로체험교실이 끝나면 언제나 똑같은 것을 율에게 물었다.
"오늘의 철수는 왼쪽이었어요? 오른쪽이었어요?"
율은 질문하는 철수가 귀찮아졌다.
철수가 질문을 할 때면, 왼쪽이 아닌 오른쪽에 서 있는 것만 같았다.
이번에도 율은 기억이 나지 않는다고 말했다.
철수가 다시 물었다.
"오늘의 철수는요?"
"그게, 기억이……."
율은 지난주처럼 기억이 나면 다음에는 꼭 말해주겠다고 약속했다.
철수도 지난주와 똑같이 율의 말에 고개를 끄덕

였다.

"네……."

철수는 온순한 학생이었다. 율을 믿었고, 율이 약속한 다음 주를 기다렸다.

그래서 율이 쉼터를 나가면 4층 제 방으로 올라가 서둘러 침대에 누웠다. 천장을 바라보며 율이 던진 많은 질문들을 풀어놓았다. 시끄러웠던 머릿속의 생각들이 왼쪽과 오른쪽으로 갈라지며 쉴 새 없이 옮겨 다녔다.

그리고 오늘의 철수가 마지막에 남았다.

철수는 언제나 부족한 왼쪽도, 차고 넘치는 오른쪽도 상관없었다.

하지만, 율이 선택한 오늘의 철수는 알고 싶었다.

우리 집 아래층에 할머니가 산다

지우는 은하빌라에 산다.

비탈길 아래로 해적이 나오는 미끄럼틀과 귀신이 낄낄대는 소리가 분명하다고 믿는 낡은 그네를 내려다보면서 지우는 살고 있다.

예전에 지우가 살던 마을에도 귀신이 살 것 같은 그네가 있었다.

"누가 그래?"

귀찮거나, 잘 모르거나, 할 말이 없을 때면 엄마는 늘 이렇게 되묻곤 했다.

"친구들이."

지우의 말은 거짓말이다. 친구들에게 귀신이 산다고 말한 건 지우였다.

지우는 남들과 다른 것을 본다. 친구들은 그걸 귀신이라고 불렀다.

친구들은 귀신을 만나면 무조건 도망을 치라고 했다.

지우는 귀신이 무섭지 않았다. 그래서 눈에 보이는 그것이 귀신이 아닐지도 모른다는 생각을 했다.

엄마는 뭐든지 알 것 같았다. 하지만 엄마의 대답은 언제나 똑같았다.

"이 세상에 귀신은 없어! 귀신은 여기에 살지 않아!"

지우가 알고 싶은 건 이유였다. 귀신을 보는 이유와 귀신이 무섭지 않은 이유, 귀신이 이곳에 있는 이유 같은 것을 말이다. 그런데도 엄마는 없다는 말과 살지 않는다는 말만 되풀이했다.

그러던 어느 날이었다. 지우는 걷고 있었다. 앞을 보고, 옆을 보고, 하늘을 보면서 걷고 있었다. 그때, 구름 속에 가려진 해가 모습을 드러냈다. 그 순간, 지우는 엄마의 말속에 숨은 뜻 하나를 찾아냈다.

여기에 귀신은 없지만, 다른 곳에는 귀신이 살고 있다.

*

유치원에 다닐 때였다.

지우를 태우기 위해 통학버스가 좁은 골목 안으로 들어서면 차 안에 있던 아이들이 차창에 매달리듯 지우가 서 있는 방향으로 옮겨 앉았다. 아이들의 시선을 사로잡은 건 지우가 아닌, 지우의 등 뒤로 보이는 아주 오래된 노란색 건물이었다.

지우는 건물이 노란색 눈물을 흘린다고 말했다. 벽에는 뱀이 지나간 길이 하늘로 뻗어 있고, 그 길을 따라 커다란 곰의 발자국이 꾹꾹 찍혀 있다고 했다.

아이들의 눈에도 그렇게 보였다.

빛바랜 페인트 자국은 건물이 흘린 노란 눈물 같았고, 벽을 따라 옥상까지 이어진 금은 뱀이 기어오른 흔적 같았다.

"귀신이 살 거야. 뱀이 살지도 몰라. 생쥐도 살겠지. 너구리는 어때? 박쥐가 나올 것 같아. 으악! 귀신이다! 으악, 으악!"

이런 비명과 소란으로 아이들은 서로의 공포와 호기심을 주고받았다.

여기서 끝이 아니었다. 통학버스가 횡단보도를 지나 우회전을 하면, 건물과 건물 사이로 작은 모래밭이 나타났다. 모래밭에는 철심을 박아 놓은 것 같은 그네가 저 혼자서 움직이고 있었다.

아이들은 그네를 보기 위해 오른쪽으로 몸을 돌렸

다. 오른쪽에 앉은 아이들은 이마가 창문에 닿을 정도로 얼굴을 갖다 댔고, 왼쪽에 앉은 아이들은 오른쪽에 앉은 아이들의 어깨너머로 눈을 동그랗게 떠 가며 숨을 죽였다.

지우의 손끝이 그네를 가리켰다.

"저게 귀신이야."

아이들은 지우의 말이 채 끝나기도 전에 큰 소리로 비명을 질렀다.

"으악, 귀신이다!"

"으악, 진짜 귀신이다!"

"쉿! 조용. 잘 들어 봐."

지우가 창문을 열며 말했다.

아이들이 귀를 기울였다.

"……."

아무 소리도 들리지 않았다.

"낄낄낄, 낄낄낄."

이렇게 귀신이 말했다고, 지우가 말했다.

"낄낄낄? 낄낄낄?"

아이들이 지우의 말을 흉내 냈다.

"웃는 거야, 우는 거야?"

아이들이 울면서 물었다.

*

은하빌라는 비탈길에 있다. 정확히 말하면 비탈길에 세워진 여러 개의 빌라 중 가장 높은 곳에 있는 가장 작은 빌라가 은하빌라이다. 비탈길 끝에서 안쪽으로 들어와 있어 그만큼의 공간이 작은 화단이 됐다. 감나무와 목련이 자라고 있는 화단 옆에는 무너진 담장을 대신해 빨간색 고무 통을 옮겨 놓았다.

할머니는 고무 통이 여러모로 쓸모가 있다고 했다. 볕이 좋은 날에는 길고양이가 올라가 낮잠을 자고, 또 다른 어떤 날에는 무거운 짐을 내려놓고 쉬어 가는 사람이 있다고 했다. 가끔씩 이름 모를 씨앗이 떨어져 싹을 틔우고, 고인 빗물과 눈물이 새와 길고양이의 물이 되어 준다고도 했다.

지우는 물을 마시는 새와 길고양이를 보지 못했지만, 새와 길고양이처럼 고무 통 위에 올라 비탈길을 내려다보곤 했다. 통 위에 올라서면, 아래로 이어진 비탈의 길이 내려다보였다. 위에서 바라보는 은하빌라는 사각형의 작은 깃발 같았다. 지우는 몸을 흔들어가며 은하빌라가 깃발처럼 움직인다고 말했다. 할머니는 미소를 지었고, 퇴근 후 돌아온 엄마는 그런 데서 그렇게 놀면 위험하다며 화를 냈다.

엄마는 아래층 할머니와는 언제나 반대였다.

할머니는 이곳이 아름다운 곳이라 말했고, 엄마는 비가 오면 위험한 곳이라고 했다. 눈이 오면 더 위험할 거라고도 했다. 그런데도 이곳으로 이사를 왔다는 건, 엄마가 생각하는 위험한 것보다 더 위험한 것이 이곳에는 없는 모양이라고 지우는 생각했다.

지우는 이곳에 와서 초등학교에 입학했다. 엄마는 며칠 사이에 지우의 키가 훌쩍 자랐다며, 이제 의젓해질 일만 남았다고 말했다.

"할 수 있지?"

떠밀듯 지우의 어깨에 책가방을 메어 주며 엄마가 말했다. 물론, 할 수 있다. 지우는 혼자서도 잘한다. 먹는 것도, 씻는 것도, 입는 것도. 가방을 메고 학교에 갔다가 엄마가 오기 전에 잠을 자는 것까지 모두 잘한다.

"학교 다녀오겠습니다."

큰 소리로 인사를 하는 것도 이제는 특별하지 않다.

특별하지 않다고 느끼는 이런 것들 때문에 지우는 가끔 뭐든지 해낼 것 같은 착각에 빠지곤 했다.

그래서 거짓말을 한 것은 아니었다.

엄마가 묻지 않았다면 거짓말이 될 수 없는 거짓말이었다. 하지만 엄마는 아침마다 아래층 할머니를 보았냐고 물었다.

지우는 망설이지 않았다. 언제나처럼 월화수목금토일, 매일매일 할머니를 보았다고 말했다. 어제는 화단에서, 그 전날에는 뒷짐을 지고 걷고 있는 할머니를, 또 다른 날에는 할머니의 집 앞에서 개미를 함께 보았다고 말했다.

엄마는 지우의 머리와 옷깃을 매만지며 할머니를 만나면 꼭 인사를 해야 한다고 당부했다.

"어떻게 인사하는지 한번 볼까?"

어렵지 않았다. 지우는 양손을 배꼽 위에 가지런히 올려놓고 인사를 했다.

"안녕하세요."

그때까지만 해도 지우는 슬프지 않았다.

이 층 계단을 내려와 굳게 닫힌 할머니의 집 앞을 지나칠 때였다. 이곳은 아름다운 곳이라던 할머니의 말이 떠올랐다. 할머니의 허리를 잡아당겼던 순간들도 떠올랐다.

지우는 갑자기 슬퍼졌다. 거짓말 때문에 슬픈 건지, 아니면 할머니 때문에 슬픈 건지 알 수 없었다.

*

지우의 머릿속이 복잡해졌다. 그냥 걷고 싶었지만, 그렇게 되지 않았다. 비탈길을 내려와 횡단보도를 건너고, 지름길인 좁은 골목을 지나 학교가 보이는 대로에 들어설 때까지, 지우는 끊임없이 생각하고, 또 생각했다.

불쑥 튀어나온 엄마의 목소리가 있다.
어디 가면 안 돼! 절대 안 돼! 라고 소리치던 엄마. 이사 오던 날이었다. 이삿짐을 챙기느라 이리저리 움직이는 엄마의 머리가 검은콩 같았던 기억. 엄마의 당부가 아니었어도 마땅히 갈 곳이 없어 이삿짐 트럭의 주변을 서성거렸던 기억도 있다. 그리고 지금처럼 하늘을 올려다보았는데…….
그날도 하늘에는 구름이 흘러갔고, 금을 그으며 지나가는 검은색의 전깃줄도 있었다. 엄마가 열어 둔 이 층 창문틀에 닿을 듯 말 듯 대롱거리던 줄. 그 줄을 따라 눈동자를 굴렸던 기억. 그 순간이었는데, 줄을 잡기 위해 하늘을 향해 손을 뻗어 올린 순간이었는데.

잡아 줄까?

양팔을 날개처럼 휘저으며 다가온 할머니.

저걸 어떻게 잡아요?

지우가 물었을 때, 할머니는 하늘을 향해 팔을 뻗어 올렸다.

이렇게 하면 되지.

할머니의 손짓에서 불던 바람. 귓가를 때리던 차가운 바람의 기억. 할머니의 몸이 바람을 타고 날아갈 것 같아서, 할머니의 허리를 끌어안고 힘껏 잡아당겼는데.

할머니, 죽지 마세요.

풍선처럼 오므라들던 할머니 몸이 금방이라도 터질 것 같아서 손을 놓았던 기억. 다시 부풀어 오른 할머니가 안녕, 이라고 말했던가.

지우는 고개를 갸웃거렸다.

횡단보도 앞에 서자마자 신호가 녹색으로 바뀌었다. 지우는 횡단보도를 건넜고, 이번에는 잘 가, 라고 손짓하던 그네가 떠올랐다. 잘 가, 라는 인사를 했던 것도 같고, 또 보자, 라는 약속을 들었던 것도 같은

데, 그러니까 그게 언제였더라, 를 생각하다 보면 여전히 그네를 기다리고 있다는 것과 새 학기가 시작되고 보름이 지나도록 친구를 사귀지 못했다는 기억. 그런 지우를 걱정하던 선생님의 표정까지. 지우는 생각이 멈추지 않았다.

며칠 전, 선생님이 말했다.

"웃어, 지우야. 지금 필요한 건 시간이란다. 친구를 사귀려면 시간이 필요해. 그리고 노력을 해야겠지. 시간이 지나고 노력을 하면 친구는 금방 사귈 수 있어."

선생님 앞에서 고개를 끄덕이던 지우. 선생님이 가르쳐준 노력에는 이런 것들이 있었다. 창밖이 아닌 칠판을 볼 것, 친구에게 먼저 다가갈 것, 친구를 만나면 안녕, 이라고 말할 것, 친구와 헤어질 때는 잘 가, 라고 인사할 것.

"잘 가. 내일 보자."

선생님의 인사가 너무 다정해서 하마터면 칠판이 아닌 창밖을 보는 이유를 말할 뻔했던 기억. 운동장을 나오며 선생님의 말을 되새기다 문득 떠올랐던 생각들. 보이지 않는다고 해서 없는 건 아니니까. 오고 있거나 왔다가 떠났어도 시간이 지나면 다시 돌아올 수 있으니까, 그네를 기다려야 한다고 다짐했던 마음.

그날, 지우가 찾아낸 노력은 더 자주, 창밖을 보며 그네를 기다리는 것이었다. 그래서 지우는 해가 질 때까지 운동장에 남아서 그네의 주변을 맴돌았다.

운동장에는 공을 차는 아이들과 쓸쓸히 걷기만 하는 아이들이 있었다. 공을 차는 아이들은 줄곧 소리를 질렀다. 비명 같은 소리였다. 소리가 발보다 먼저 공에 닿아서 소리와 발이 함께 공을 차는 것 같았다.

공을 차는 아이들과 달리 쓸쓸히 걷기만 하는 아이들은 말이 없었다. 그림자처럼 조용히 운동장 둘레에 심어진 나무를 따라 천천히 걸었다. 어느 날은 공을 차는 아이들이, 어느 날은 쓸쓸히 걷기만 하는 아이들이 지우에게 다가왔다. 아이들은 늘 같은 것을 물었고, 지우도 늘 같은 대답을 들려주었다.

"왜 집에 안 가?"

"그를 기다리는 중이야."

"그가 누군데?"

지우는 망설였다. 그를 작은 모래밭에 철심처럼 박힌 그네라고 말해야 할지, 운동장에 있는 그네라고 말해야 할지.

지우는 대답 대신 손가락으로 운동장의 그네를 가리켰다. 아이들은 지우가 가리킨 것이 그네인지, 모래밭인지, 아니면 손가락 끝이 가리킨 또 다른 곳인지 알 수가 없었다.

아이들이 다시 물었다.

"언제까지 있을 거야?"

"더 어두워질 때까지."

"그때가 언제야?"

"저기 떠 있는 해가 사라지면."

질문이 길어질수록 지우를 둘러싼 아이들이 늘어났다. 공을 안고 서 있거나, 그네를 타기 위해 다가온 아이들, 그리고 해가 지는 것을 바라보는 아이들이 한곳에 뒤섞였다.

"왜 그를 기다리는 거야?"

"그에게 들려줄 말이 있어."

"그가 벌써 도착한 건 아닐까?"

아이들이 물었다.

"아니."

지우는 고개를 저었다.

"어떻게 알아?"

"너희들이 그네를 타고 있으니까."

"그네에서 내릴까?"

이번에도 지우는 고개를 저었다.

"아직 오지 않았어."

"어떻게 알아?"

지우는 소리가 들리지 않는다고 말했다.
"어떤 소리?"
"낄낄낄, 낄낄낄."
지우가 그의 소리를 흉내 냈다.
"웃는 거야, 우는 거야?"
아이들이 물었다.

어떻게 대답했는지, 기억나지 않았다.

웃을 때도 있고, 울 때도 있다고 했던가. 아니면 늘 웃는다고 했던가.

지우의 기억 속에는 이런 기억들도 있다. 날 듯 말 듯한 기억. 어떤 날은 떠오르고 어떤 날은 떠오르지 않는 기억. 어떤 날은 옛날에 살던 동네의 모습이 연기처럼 떠올랐다 흩어지고, 어떤 날은 함께했던 유치원 친구들의 모습이 선명하게 떠올랐다.

유치원 졸업식이 있던 날, 한 아이가 다가와 지우에게 손을 내밀며 소리쳤다.
"꺄악."
주변에 서 있던 사람들 모두 놀란 토끼처럼 팔짝 뛰거나 제자리에서 움찔거렸다.

또 한 번의 꺄악과 히히. 그리고 지우에게 다가와 말을 건네던 아이.

"친구들과 함께 꺄악, 히히, 이렇게 소리 지를 때 즐거웠어. 노란색 눈물을 흘리던 건물도, 그네도, 너도, 잊지 못할 거야."

수줍게 손을 흔들던 아이. 아이만큼 두 뺨이 붉어지던 지우.

즐겁다는 것과 아름다운 것은 같은 것일까? 다른 것일까? 지우는 묻고 싶었다.

어느새 학교가 보였다. 반은 보이고 반은 보이지 않는 반쪽짜리 학교가.

지우를 앞질러가며 뛰는 아이와 지우보다 느리게 걷는 아이. 빵빵. 멀리서 들리는 자동차의 경적. 교문을 향해 힘껏 뛰어가는 아이와 위험하다고 알리는 선생님의 목소리. 아이들의 숨소리. 옷을 스치는 바스락 소리와 제각각 지저귀는 텃새들. 참새였고, 까치였고, 까마귀였는데. 저 새는, 그림책에서 봤었나. 저 새는……?

수많은 생각들을 하면서도 교문을 지나, 운동장을 가로질러 반듯하게 교실로 향하는 지우였다.

운동장 한쪽에 가만히, 조용하게 서 있는 그네. 그 뒤로 보이는 나무들과 나뭇가지에서 돋아나는 여린 잎. 그리고 저기 한쪽 구석에 모여 앉은 두 명의 아이들. 지우는 교실이 아닌 두 아이가 있는 나무를 향해 걸어갔다.

아이들이 보고 있는 건 개미였다.

"겨울잠에서 깨어난 개미가 틀림없어."

한 아이가 말했다.

"왜?"

다른 아이가 물었다. 아이는 엄지와 검지로 개미를 잡아 올린 채였다.

"내가 개미 박사니까."

그래서 벽에 부딪힌 것처럼 쿵, 쿵, 걸음을 멈춘다고 아이가 말했다.

"죽일 거야?"

개미를 쥐고 있는 아이에게 지우가 물었다.

"죽었을걸."

아이가 손에 쥔 개미를 들여다보며 말했다.

"손을 놔. 그러면 살 수 있어."

지우가 말했다.

아이는 불에 덴 것처럼 뿌리치듯 손을 놓았다. 개미가 달아났다. 두 아이의 놀이는 여기서 끝이었다. 자리에서 일어나 가볍게 손을 털며 걸어갔다.

혼자 남은 지우는 한참 동안 개미를 지켜보았다. 지우는 달아난 개미를 찾고 싶었지만, 찾을 수가 없었다.

할머니라면 어땠을까? 그날도 할머니의 집 앞에서 개미를 들여다보고 있었는데. 줄지어 움직이는 개미를 향해 작은 돌멩이를 던졌고, 개미 한 마리를 손가락으로 지그시 눌렀는데.

살려줘라.

할머니가 말했다.

이거요? 라고 되물었을 때, 손을 놓으면 살 수 있다고 말하던 할머니. 망설이던 지우. 엄지와 검지 사이에서 버둥거리는 개미를 보자, 우쭐해졌던 기억. 공을 던지듯 팔을 뒤로 젖혀 가며 개미를 놓아주었을 때, 바람에 쓸리듯 떨어져 나간 개미가 저렇게 걸었던가. 쿵, 쿵, 벽에 부딪힌 것처럼 쿵, 쿵 저렇게 걸었던가.

그날도 엄마는 할머니를 보았냐고 물었다. 지우는 할머니의 손짓에서 차가운 바람이 불었다고 했다. 그때마다 엄마는 할머니의 손짓이 아니라 오늘은 바람이 많이 부는 날이었다고 말했다.

"아니! 할머니의 손짓이 날개 같아서 금방이라도 할머니가 날아갈 것 같았어."

지우가 화를 내듯 말했을 때 걱정스러운 눈으로 지우를 바라보던 엄마. 개미를 살려주던 날에도, 할머니가 뒷짐을 지고 화단을 들여다보던 날에도, 할머니의 손짓에서 귓가를 때리는 차가운 바람이 불었다고 지우가 말했다. 엄마는 비탈길 꼭대기에 은하빌라가 있어서 바람이 차갑게 느껴지는 거라고 말했다.

그래서라고 지우는 믿었다. 이 모든 게 바람 때문이라고. 바람 때문에 할머니의 허리를 꼭 끌어안아도 할머니가 다른 세상으로 날아갔다고.

*

선생님도 창밖을 보고 있었다.

여전히 나무 앞에 쪼그려 앉은 아이가 있다. 키가 크지도 작지도 않은 아이. 발육이 더디지도, 사고도, 인지도 부족하지 않은 아이. 깨끗한 옷과 가지런한 손톱과 단정히 자른 머리칼과 길쭉한 연필과 지우개가 필통에 가득 들어 있는 아이. 그런데도 선생님은 창밖의 아이가 위태로워 보였다.

종이 울리고 모두가 교실로 들어간 지금, 아이가 무엇을 들여다보고 있는지 이곳에서는 알 수가 없다. 선생님을 따라 창밖을 보고 있는 아이들도 궁금하긴 마찬가지였다.

"선생님!"

아이들이 선생님을 불렀다.

"빨리 들어오라고 말할까요? 큰 소리로 부를까요?"

한 아이가 창문을 열고 고개를 내밀었다. 교실 안에 소란이 일기 시작했다. 어쩌면 창밖이 아닌 이곳이 더 위태로운 곳일지도 모른다고 선생님은 생각했다.

"들어올 거야. 조금만 더 기다리자."

선생님이 옳았다.

지우는 곧 자리에서 일어났다.

교실 안의 아이들은 지우가 움직인다고 말했다. 온다고 말했고, 오고 있다고 말했다. 아이들도 움직이기 시작했다. 온다고 말한 아이도, 오고 있다고 말한 아이도 모두 제자리에 앉았다. 선생님이 느끼는 위태로움은 이런 것이었다. 저곳이 아닌 이곳으로 들어오는 지우의 움직임이 저곳을 지나 이곳으로 왔을 때 느껴지는 불안. 그래서 선생님은 지우에게 이렇게 말하곤 했다.

"선생님이 도와줄게."

지우는 고개를 가로저었다. 어떤 날은 평화로운 미소로, 어떤 날에는 울 것 같은 표정으로.

"선생님. 지금 필요한 건 기다리는 동안의 시간이잖아요."

평화로운 미소를 짓던 날의 대답이었다.

"할머니의 허리를 붙잡지 못했어요. 할머니가 풍선

처럼 하늘로 올라갔어요."

울 것 같은 표정을 짓던 날, 지우의 대답이었다.

*

지우는 저곳을 그리고 싶었다.

운동장 한쪽에서 플라타너스를 등지고 있는 그네이거나, 나무의 밑동을 지나가고 있을 개미이거나, 한눈에 담기는 운동장의 전경도 좋았다.

"아까 나무 밑에서 뭘 보고 있었어?"

한 아이가 지우에게 물었다.

지우는 개미를 보았다고 말했다.

"개미?"

"응. 개미."

"그러면 지금은 뭘 보고 있어?"

오늘이라고 해서 다르지 않았다. 어제와 똑같은 운동장일 테고, 나무일 테지만 아이들은 지우가 바라보는 것을 보고 싶어 했고, 지우가 알고 있는 것을 알고 싶어 했다.

운동장이, 나무가, 하늘이, 오늘따라 더 멀리 있거나 더 작아졌거나 더 넓어졌다고 지우가 말하면, 덩달아 몇몇의 아이들이 창밖을 바라보며 말했다.

"확실히 어제보다 달라졌어."

물론 더 많은 아이들이 말도 안 된다며 코웃음을 쳤다.

아이들 중에는 이런 아이들도 있었다.

"지우의 옆모습이 슬퍼 보여."

"너도? 나도. 나도 지우가 슬퍼 보여."

두 손을 맞잡은 아이들이 지우를 돕기 위해 다가왔다.

"내가 도와줄게. 스케치북은 이렇게 펴는 거야. 쫘악. 그림은 여기에다 그리자."

한 아이는 스케치북을 펼쳤고, 다른 아이는 필통에서 연필과 지우개를 꺼냈다. 또 다른 아이는 창밖이 아닌 스케치북을 보라며 지우의 얼굴을 돌려주기도 했다.

"이제 그리자. 뭘 그릴 거야?"

지우의 곁을 떠나지 않은 아이가 물었다.

스케치북을 들여다보던 지우가 손을 들었다.

"선생님, 저는 저길 그리고 싶어요."

지우가 가리킨 곳은 창밖이었다.

"저걸 다? 운동장을 다?"

"네. 다요."

운동장은 너무 커서 다 담을 수 없다고 선생님이

말했다.

"저 중에서 하나를 선택하면 어떨까?"

선생님은 저기 보이는 놀이터도 좋고, 나무와 구름과 자동차와 멀리 보이는 나란한 집들과 아니면 축구 골대나 그네 중에서 하나를 골라보라고 말했다. 선생님이 짚어준 하나하나의 것들이 지우의 머릿속에서 차례대로 나타났다, 사라졌다.

무엇을 그릴지 정하지 못한 아이들은 선생님의 말이 도움이 됐다.

어떤 아이는 나무를 그렸고, 어떤 아이는 커다란 자동차와 구름을 그렸다. 하늘을 날고 있는 자동차라고 했다. 어떤 아이는 친구의 얼굴을, 어떤 아이는 엄마와 아빠의 얼굴을 그렸다. 가장 사랑하고 가장 닮고 싶은 얼굴이라고 했다. 파란색 지붕의 집을 그린 아이도 있었다. 왜, 지붕이 파란색이냐고 묻는 친구에게 아이는 그냥, 이라고 말했다. 문이 파란색이면 더 예쁠 것 같다는 말에, 빨간색으로 칠할 거라며 빨간색 색연필을 당기듯 손에 쥐었다. 상어와 고래가 마주 보는 바닷속을 그린 아이도 있었고, 개와 고양이가 사는 마을을 그린 아이도 있었다.

지우는 개미를 그렸다.

지우가 창밖을 가리켰을 때, 선생님이 나열한 창밖

의 것에는 개미가 없었다.

 아이들은 지우의 그림 속에서 개미를 찾으려 했다.

 "보여? 나는 안 보여? 너는 보여?"

 아이들은 개미를 찾지 못했다.

 선생님이 다가왔다. 개미를 찾는 선생님의 손가락이 천천히 움직였다.

 "이거니?"

 선생님의 손가락 끝이 가리킨 곳에는 까만 점처럼 보이기도 하고 부러진 연필심처럼 보이기도 하는, 아주 짧고 흐린 선 하나가 그어져 있었다.

 "네, 맞아요. 이쪽으로 기어가는 개미예요."

 아이들은 지우가 그린 개미를 보기 위해 일제히 고개를 숙였다.

 "이게? 개미라고?"

 "이게, 이쪽으로 기어가는 개미라고?"

 지우는 크게, 고개를 끄덕였다.

 "내가 살려준 개미야. 내가 이렇게 손가락을 떼고 개미를 놓아주었어. 그때 개미가 저만큼 기어갔어. 나는 개미는 살릴 수 있어. 나는 개미는 살릴 수 있다고……."

 지우가 울음을 터트린 건 그때였다.

 개미가 그려진 도화지 위로 지우의 눈물이 떨어

졌다.

아이들이 큰 소리로 선생님을 불렀다.

"선생님, 지우가 울어요. 선생님, 지우가 눈물을 흘려요."

*

은하빌라에 오기 전, 지우는 예전에 살던 동네의 작은 모래밭에서 그림을 그리며 놀았다.

찬바람이 부는 날에는 찰기 없는 모래가 바람에 흩날렸다. 볕이 따갑게 내리쬐는 날에는 거친 모래알이 지우의 몸에 이끼처럼 달라붙었다. 지우는 상관하지 않았다. 찬바람이 부는 날에도, 볕이 따갑게 내리쬐는 날에도, 지우는 말뚝처럼 솟아 있는 그네 옆에서 그림을 그렸다.

지우가 그린 그림은 길이었다. 사방으로 흩어진 굵고, 깊고, 가늘고, 짧은 길이 모래밭에 어지럽게 펼쳐졌다. 가끔은 다른 아이들도 모래놀이를 하러 나왔다. 하지만 아이들은 금방 싫증을 냈다. 모래가 더럽다는 게 이유였다. 지우를 데리러 온 엄마도 그런 말을 했다.

"여기서 놀았단 말이야! 이 더러운 모래밭에서. 곱

지도 않은 이 모래를 가지고."

낄낄낄, 낄낄낄.

그네가 말했다.

"여기서는 내 맘대로 길을 만들 수 있어. 그리고 나는 그네한테 길을 알려줘야 해. 그래야 나를 찾아올 수 있어."

그날도 지우는 모래 위에 길을 만들었다.

"이것도 길이고, 이것도 길이야. 봐, 그네가 말하고 있잖아."

그네를 올려다보며 지우가 말했다.

낄낄낄, 낄낄낄.

엄마는 긴 한숨을 쉬었다. 모래밭에 서 있는 지우의 팔을 잡아당겼고, 발끝으로 모래를 끌어와 지우가 그린 길을 지워버렸다.

"잘 들어. 그리고 잘 봐."

엄마의 목소리가 높아졌다.

"그네가 말을 하는 게 아니라. 그네가 낡아서, 봤지? 녹슬었잖아. 낡다 못해 아주 오래되어서, 봤지? 손에 이렇게 녹이 묻어나잖아. 힘을 잃은 그넷줄이 발판을 잡지 못해서, 봐 여기에 앉을 수도 없잖아. 한쪽으로 기울어진 발판 때문에, 저 혼자서 왔다 갔다 하는 거야."

낄낄낄, 낄낄낄.
그네가 말했다.

*

여전히 스케치북 위로 지우의 눈물이 떨어졌다.
"왜 우는 거야?"
아이들이 물을 때마다 지우는 더 굵은 눈물을 떨어뜨렸다.
"아파? 어디가 아파? 슬퍼? 왜 슬퍼? 많이 슬퍼?"
아이들은 선생님이 지우의 등을 토닥이는 동안에도 쉬지 않고 물어 댔다.

*

지우는 책상에 엎드린 채로 잠이 들었다.
지우가 자는 동안, 선생님은 삐뚤어진 책상의 줄을 맞추고 아이들이 떨어뜨린 연필과 지우개를 집어 올리며 교실을 정돈했다.
정리를 끝낸 선생님은 잠든 지우가 깨지 않도록 조심스럽게 자신의 책상 서랍을 열었다. 서랍 안에 지우의 그림을 넣기 전, 선생님은 지우가 그린 개미를 다시 한번 찾아보았다. 손가락으로 짚어 가며 이거니? 라고 물었던 손톱보다 작은 선이 그대로 남아 있었다. 말라 버린 지우의 눈물 자국도 그대로였다. 지우의 말대로 물을 피해 이쪽으로 기어가고 있는 개미처럼 보였다.

지우가 잠에서 깬 건 선생님이 책상 서랍을 닫았을 때였다. 서랍이 닫히기 전이었으니, 서랍이 닫히는 소리에 잠에서 깬 건 아니었다. 지우는 말짱한 얼굴로 선생님을 올려다보았다. 지우의 표정이 너무 맑아서, 선생님은 지우와 눈을 마주하지 못했다. 책상 서랍을 닫고 나서야 선생님이 자리에서 일어났다.
"아직도 슬프니?"
의자를 끌어와 지우의 옆에 앉으며 선생님이 물었다.
지우는 대답 대신 텅 빈 교실을 바라보았다. 아무도 없었다. 지우는 아이들이 어디로 사라졌는지 물었다. 선생님은 사라진 게 아니라 모두 집으로 갔다고 말했다.
"지우도 집에 가야지."
지우는 꿈과 현실을 구분하지 못했다.
분명 교실이었고, 방금 전까지 크레파스의 색깔을

바꿔가며 세모와 네모와 동그라미를 그렸다고, 말했다.

세모는 노란색이고, 네모는 파란색이고, 동그라미는 까만색이었는데, 한 아이가 다가와서 무얼 그리는지 물어보았다고. 나는 별을 그리고 있다고, 어제도 똑같은 걸 그렸는데, 이것보다 훨씬 큰 별이었다고. 그런데 그 아이가 별을 닮지 않았다고 말해서 나는 다시 한번 별이라고 큰 소리로 알려 주었다고 했다.

"그랬는데, 분명 그랬는데…… 책상 위에 아무것도 없어요."

지우가 울먹이며 말했다.

"지우야, 여긴 꿈속이 아니야. 이곳은 교실이야."

지우는 계속해서 말을 이어갔다.

"그런데요 선생님, 제가 그린 별 속으로 할머니가 사라졌어요."

그래서 할머니가 보고 싶다고 지우가 말했다.

*

그날 저녁, 엄마는 지우의 곁을 떠나지 않았다. 저녁을 먹을 때도, 티브이를 볼 때도, 잠을 잘 때도 지우의 곁에 바짝 다가앉았다.

지우는 아무렇지 않았다. 슬픔이 남아 있었지만 이제는 작은 슬픔이었다.

선생님은 지우의 눈물이 거짓말 때문은 아니라고 했다. 보다 더 큰 이유가 있지만, 너무 커서 한눈에 다 담을 수 없다고 말했다.

"운동장처럼요?"

지우가 물었다.

"응. 운동장처럼."

선생님이 말했다.

*

은하빌라의 사람들은 지우의 슬픔에는 관심이 없었다. 그래서 경찰차가 돌아가고 며칠이 지났어도 지우의 앞에서 무턱대고 혀를 찼다.

"너니? 너구나! 너였니?"

지우는 사람들의 행동이 무엇을 뜻하는지 알지 못했다. 사람들을 만나면 평소처럼 엄마의 손을 잡고 인사를 했다.

"안녕하세요."

그럴수록 할머니의 집 앞에 모여든 사람들의 눈이 휘둥그레졌다.

지우는 작은 아이였다. 사람들은 아래층 할머니의 죽음을 제일 먼저 알아챈 사람이 아이였다는 것과 아이가 한 달 가까이 죽음을 말하지 않았다는 사실을 믿지 못했다. 하지만 모두 사실이었다.

선생님께 할머니의 죽음을 알렸을 때, 선생님은 지우의 손을 잡아 주었고, 엄마는 지우를 안아 주었다.

은하빌라 사람들은 지우가 이 세상과 저 세상의 차이를 알고 있는 아이라는 것을 알지 못했다.

지우는 굳게 닫힌 창문만으로도, 불쑥 귓가를 때리는 차가운 바람만으로도, 며칠째 소용돌이치는 작은 나뭇잎들의 움직임만으로도, 소리 없이 툭 떨어지는 한 가닥의 전선만으로도, 이곳과 저곳의 차이를 느낄 수 있는 아이였다.

*

밤이 되면 모든 것이 조용해졌다. 이제는 경찰차의 불빛도 웅성거리는 사람들의 소리도 들리지 않는다.

지우는 잠든 엄마의 곁에서 조심스럽게 빠져나왔다. 지우보다 늦게 잠이 든 엄마는 지우가 일어나는 걸 느끼지 못했다.

지우는 식탁 의자를 향해 걸었다. 어두웠지만, 지우

의 눈은 밝았고 발소리도 인기척도 작고 조용했다.

　의자에 오른 지우는 부엌 창문을 열었다. 바람이 불어왔다.

　별처럼 반짝이는 불빛이 지우의 코끝을 간지럽혔다. 지우는 졸린 눈을 비비듯 코끝을 문질렀다. 재채기가 나올 것 같아 침을 꿀꺽 삼켰다. 그러자 딸꾹질이 날 것 같았다. 재채기와 딸꾹질을 참아 내기 위해 지우는 눈을 부릅떠야 했다.

　비탈길 아래에서 소리가 들렸다.

　낄낄낄, 낄낄낄.

　드디어, 그네가 은하빌라를 찾아왔다.

　밤이 되자 해적 모자를 눌러쓴 미끄럼틀이 더 밝은 빛을 냈다.

　지우는 선생님이 알려준 노력을 기억해 냈다.

　'친구를 만나면 안녕, 이라고 말할 것. 헤어질 때는 잘 가, 라고 인사할 것.'

　지우가 말했다.

　"안녕."

　지우가 말했다.

　"잘 가."

엄마를 알까요?

손을 봐. 탁자 위에 올려놓은 손.

저 끝이 그림자처럼 희미해 보이지만 나는 그녀의 손끝이 보여.

그녀, 깃털을 잡기 위해 손가락을 움직였을 거야. 분명, 그랬을 거야.

그리고 그녀, 환하게 웃고 있네.

'기뻤을까……?'

궁금했던 순간이 있었어.

기뻤다면? 슬펐다면? 이런 질문들.

이 사진을 들여다볼 때마다 내가 품었던 질문들이야. 그러다 내가 내린 결론은 아무래도 상관없다는 거야. 아무렴 어때. 이 사진이 그녀 인생의 전부는 아니잖아.

그래도 시간이 지날수록 궁금해지는 것이 있었어.

그녀가 웃고 있는 이유.

무엇 때문에 저렇게 환하게 웃고 있는 것일까? 그녀의 인생은 웃음이었을까? 아니면 저 웃음이 사라진 뒤의 슬픔이었을까? 이런 의구심이 떠나지 않았어.

일을 하다가도 문득, 길을 걷다가도 문득. 누군가와 이야기를 하다가도 문득 떠올라 숙제처럼 머릿속 한편에 갈피를 넣어 두었어. 그리고 나만의 공간에서 사진을 꺼내보았지.

처음에는 긴 테이블을, 그다음에는 그녀가 앉은 의자를, 그다음에는 그녀의 좁은 어깨와 구불거리는 단발의 머리칼을, 그리고 그녀의 어깨 너머로 벽에 걸린 채 한껏 잘려 나간 선반을 바라보았어.

그러다 찾아낸 것이 그녀의 손가락 끝에 비스듬히 놓인 저 깃털이 달린 펜이었어. 연기처럼 흐릿해서, 얼룩처럼 무의미해서 금방이라도 사라져 버릴 것 같았어.

나는 몇 번이고 눈을 깜빡거렸어. 검지 끝에 침을 묻혀 가며 지워도 보았어. 사라지지 않았어. 사진 속 그녀처럼 깃털 또한 분명한 실체였어.

그렇다면 저 깃털이 그녀를 웃게 한 것일까? 손끝에 닿지 않아서, 깃털을 잡으려던 순간 카메라를 향해 돌아앉아서, 동시에 일어난 이 두 개의 찰나에 어쩔 줄 몰라서 웃어 보였을까?

그렇다고 하기에는 그녀의 손끝과 깃털은 실오라기만큼 가까웠어. 분명, 그녀의 손끝에 깃털이 닿았을 거야. 처음에는 부드러웠을 테지. 그러다 깃털 끝에 달린 뾰족한 펜의 촉을 보았을 거야. 그녀, 고개를 갸우뚱거리며 깃털을, 펜을, 가만히 내려다보았을 거야. 그리고 나뭇잎을 닮은 깃털의 작은 깃을 쓸어내렸을 테지.

그때였을 거야. 깃털이 물결처럼 일렁이던 그때, 그 순간, 소리가 들렸어.

"헤이! 그건 나의 선물."

불쑥 튀어나온 남자의 목소리가 있었어.

맞아. 이건 모두 나의 상상이야. 내가 만들어 낸 우연한 사건들이지.

생각해 봐. 그녀의 웃음이 반사적 행동이었다면, 사진 속 그녀의 웃음은 진실에 가까웠을지도 몰라. 하지만 거짓이라면? 그녀의 웃음이 겁에 질린 끝에 나온 무의식이었다면, 저 웃음은 가짜일 거야.

나는 그때부터 진실과 거짓 사이에서 허우적대기 시작했어. 어떤 날은 그녀의 존재가 진실 같았고, 어떤 날은 그녀의 존재 자체가 거짓 같았어. 우선 그녀가 웃고 있는 이유를 찾아야 했어. 내가 그녀의 사진을 오래도록 들여다본 이유이기도 하지.

내가 찾은 방법은 그녀의 사진을 토막 내듯 들여다보는 것이었어. 어렵지는 않았어.

흰 종이 위에 사진을 올려놓았어. 그리고 사진의 양쪽 끝을 눌러가며 뚫어지듯 들여다보았어.

손이 보였어. 테이블 위에 올려놓은 그녀의 손이. 그리고 환하게 웃고 있는 그녀의 웃음이 보였지. 그다음, 내가 한 일은 그녀가 서 있는 사방을 둘러보는 일이었어. 여기가 어딘지, 그녀가 무엇을 하고 있는지 알아채야 했지.

이건 긴 탁자. 저건 벽에 걸린 선반. 그리고 그녀.

이게 전부인 줄 알았던 사진 속에서 나는 깃털이 달린 펜을 찾아냈어.

그 순간이었어. 오래전, 나의 양어머니가 해 주었던 말이 떠올랐어.

"놀랍지 않니?"

사진을 건네며 나의 얼굴을 바라보던 양어머니.

"너의 갈증을 알고 있단다."

표정만큼 다정한 목소리였어.

나는 고개를 저으며 말했어.

"저는 멈추고 싶어요."

양어머니는 멈추고 싶은 이유를 물었고, 나는 단지

그러고 싶을 뿐이라고, 무엇이 됐든 이제는 소용없는 일이라고 말했어.

"자세히 보렴. 아름답지 않니?"

양어머니는 사진의 뒷면을 보여 주었어.

'미스터, 존.'

물에 번진 듯, 빛바랜 푸른색 잉크의 글씨였어.

"무엇이요?"

"네 어머니의 영리함이, 네 어머니의 노련함이."

나는 그제야 사진을 받아 들었어.

"이 사람이 나의 아버지이고, 사진 속 그녀가 제 어머니라는 건가요?"

양어머니는 미소를 띠며, 고개를 끄덕였어.

"나는 그렇게 믿는단다."

나는 웃지 않았어.

"알고 싶지 않아요."

"이런. 너는 지금 거짓말을 하고 있구나."

"궁금하지 않아요."

"하지만 너는 여전히 이 사진에서 눈을 떼지 않고 있단다."

내가 그랬다는 걸, 그때 알았어.

그날이 시작이었어. 사진을 건네받던 날, 나는 또 다른 나를 찾아야 했어. 미스터 존이라는 이름의 남자와 그녀 사이에서 태어난 나를.

"저를 버린 사람들이에요."

양어머니는 고개를 끄덕였어. 부정하지 않으셨지. 그리고 내 손을 잡아 주었어.

지금도 생생해. 손등에 포개어진 손길. 폭폭이 쌓인 눈송이처럼 소복이 내려앉던 양어머니의 주름진 손.

"이제 와서 달라질 것은 없단다. 나의 아들아."

내가 가진 것, 내가 가진 이름, 나로 불리는 것. 그 중에서 가장 그리운 것. 그게 아들이라고 불리는 이름인 것 같았어.

이 사진이 나의 손에 들리던 날이었지.

그때는 지금처럼 시선이 가는 대로 사진을 들여다보지 못했어. 오로지 그녀를 쳐다보며 낯선 그녀의 얼굴을 기억하려 했어.

그런데, 지금은 말이야.

그녀, 나를 보며 웃고 있네. 이곳까지 찾아온 나를 보며 그녀, 수줍게 웃고 있네.

'무엇을 찾았니?' 이렇게 묻는 것 같아서 나는 테이블 너머로, 선반 너머로, 당신의 등 뒤로 사라져 버린 것들을 찾아냈다고 말했어.

테이블 끝에 손톱보다 작은 저 음영이 잘려 나간 술잔일지도, 등 뒤에 내려앉은 저 어둠이 당신과 꼭 닮은 또 다른 당신일지도, 한껏 잘려 나간 선반에는 술병과 술잔이 놓였을지도.

그리고 또 하나, 사진을 찍기 위해 사진 밖으로 밀려난 남자와 깃털이 달린 펜까지. 그러니까 사진 속 당신의 곁에는 깃털이 달린 펜과 술잔과 술병과 그와 당신의 웃음이 함께하는 곳이었다고 들려주었어.

그러고 나서 나는 이것들을 하나로 모았어.

분명, 그녀가 앉아 있는 저곳에는 많은 사람들이 모여 있었을 거야. 사람들, 춤을 추었겠지. 빙글빙글 손을 잡고 음악에 맞춰서. 누군가는 노래도 불렀을 거야.

이런, 춤이라니, 노래라니, 음악이라니.

그녀, 이곳에서 기뻤을까?

나는 또다시 이렇게 묻고 말았어.

*

"너, 그녀의 웃음을 믿는구나?"

떠돌이 개가 있었어.
쉬지 않고 거리를 배회하는 굶주린 개였지.
"어, 걔다!"

제법 유명했어. 어디서든 모습을 드러냈으니까.

산 너머에서 보았다거나, 하천의 방죽을 따라 걷고 있었다거나, 꼬리를 늘어뜨린 채 철길을 따라 걷고 있었다는 목격담이 어디서고 들려왔어.

떠돌이 개는 온순했어. 사람들이 손을 내밀면 가던 길을 멈추고 다가와 사람들의 손 위에 코를 박았어.

"여기까지 왔니?"

이렇게 묻는 사람이 있었지.

"어디까지 갔다 오는 거야?"

이렇게 묻는 사람도 있었고.

그러면 이 떠돌이 개는 작은 목소리로 이렇게 말했어.

"크엉."

컹도 아니고 크엉.

떠돌이 개의 목소리는 간신히 기어 나온 비명소리 같았어.

사람들은 이 개를 무서워하지 않았어. 아이들도 떠돌이 개를 피하지 않았지. 오히려 떠돌이 개를 괴롭히며 다녔어.

"어딜 도망가!"

도망은커녕 겁먹은 표정으로 힐끔거리기만 했는데도 말이야.

'다가오지 마.'

초점을 잃은 떠돌이 개의 새까만 눈동자가 이렇게 말하고 있는 것 같았어.

"꼼짝 마! 더러운 녀석."

그래도 아이들은 아랑곳하지 않았어.

어떤 아이는 떠돌이 개를 향해 잔가지를 들이밀기도 했어.

슉슉, 슉슉.

나뭇가지 끝에서 서늘한 바람 소리가 났어. 금방이라도 눈을 찌를 것 같은 소리였지.

또 다른 아이들은 잔돌을 던지며 겁을 주기도 했어.

"거지 같은 개."

"크엉, 크엉."

"더러운 개."

그래도 크엉, 크엉.

이 소리가 제가 가진 소리의 전부인 것처럼 떠돌이 개는 다른 소리를 내지 못했어.

"하여튼 못된 것들!"

어디선가 앙칼진 여자의 목소리가 늘려왔어.

삐거덕 소리가 먼저이긴 했어. 사실, 아이들이 놀란 건 이 삐거덕 소리였어. 결이 낡고 틀어져서 바닥을 긁는 쇳소리 같았어.

"못된 것들. 못된 것만 배워서, 한심한 녀석들."

반쪽의 쪽창 사이로 여자가 고개를 내밀며 서 있었어.

그 순간, 떠돌이 개의 귀가 쫑긋 솟아올랐어.

아는 거지. 제 편인 것을 아는 거지.

힐끔거리던 떠돌이 개의 눈동자가 여자를 향했어. 아이들도 여자를 향해 고개를 돌렸어.

반쪽의 쪽창이 다시 닫힐 때도 삐거덕 소리가 들렸어. 흩어졌던 아이들의 시선이 다시 한곳으로 모였어.

어디쯤 줄지어 선 판잣집 끝의 낡은 목조 건물에서 여자가 나왔어.

이 여자, 저 집에 살고 있어. 외벽을 덧댄 시멘트와 깨진 벽돌이 드러난 낡은 이 층 건물의 쪽방이 여자의 방이야.

일 층으로 내려온 여자가 문을 열고 나오자, 벽에 매달린 간판이 흔들렸어.

클럽이라나, 댄스홀이라나.

흔들리는 간판도, 훅 끼치는 하수구 냄새도 익숙해질 법한데, 여자는 간판을 따라 냄새를 따라 고개를 돌렸어.

이 거리, 바람이 불면 술에 취한 듯 간판이 흔들거

리는 이 거리의 끝에는 판잣집이 늘어서 있어. 판잣집을 따라 작은 고랑이 나 있고 그 위에 널빤지가 다리처럼 놓여 있지. 고작 두 걸음이면 족한 다리 위에서 오물을 버리는 사람들의 머리통이 가끔씩 보였다, 사라져.

흔한 일이야. 버리고, 버리고, 또 버리면 오물이 오물을 덮어서 썩은 냄새가 코밑까지 불어와.

여자는 뱉지 못한 침을 간신히 삼켜 냈어. 그리고 떠돌이 개를 향해 다가가며 다시 한번 큰 소리로 말했어.

"그만두지 못해! 이 못된 것들."

여자의 긴 치맛자락 속으로 흙먼지가 드나들었어.

바람 때문이었는지, 여자의 성난 얼굴 때문이었는지, 아이들이 슬금슬금 뒷걸음질을 쳤어.

"이 개는 잘못한 게 없어."

여자는 쐐기를 박듯 아이들을 다그쳤어.

"죄가 있다면 너희들이지. 너희들 그러다 벌 받는다."

죄라는 말에, 벌이라는 말에, 아이들의 손끝에 힘이 풀렸어. 아이들은 손에 늘린 잔가지와 잔돌을 바닥에 떨어트리고 여자에게 길을 내주었어.

여자, 웃고 있네. 떠돌이 개를 향해 무릎을 굽히고,

손을 내밀며 웃고 있네.

"이리 와."

다정하게 말을 건네면서 말이야.

"크엉."

떠돌이 개는 여자의 목소리를 알아들은 듯했어. 떠돌이 개의 따듯한 콧김이 여자의 손에 흘러내렸어.

그런데, 저만치 흩어졌던 아이들이 다시 모여들었어. 한껏 고개를 치켜들고, 입을 헤벌쭉 벌리면서 웃기까지 하네.

"하이!"

그림자가 긴 한 남자가 다가왔어. 아이들은 남자를 향해 손을 흔들었어. 어떤 아이는 손가락과 발가락을 꼼지락거리며 수줍어했지.

땅 끝까지 닿을 것 같은 남자의 그림자가 여자와 떠돌이 개를 덮쳤어. 뾰족하고 가느다란 그림자였어.

여자는 남자를 외면했어. 대신 발가락 끝을 꼼지락대던 아이들을 돌아보며 말했어.

"이 개를 불쌍히 여기렴."

아이들은 여자의 당부에는 귀를 기울이지 않았어. 여전히 남자만을 올려다보았지. 움푹 들어간 눈과 오뚝한 콧날. 나와 다른 피부색과 커다란 키, 허리춤에 찬 검은 혁대의 단단함까지. 쿡, 손가락으로 혁대를 찔러 보던 아이들의 수줍은 감탄사가 고백처럼 넘쳐 났어.

"우와."

이번에는 여자가 콧방귀를 뀌며 일어났어.

남자는 여자를 향해 빠르게 다가왔어. 갈대밭을 헤치듯 아이들을 젖히고 다가와 여자의 팔을 거세게 잡아끌었어.

"히얼 유 아!"

인사가 아니었어. 남자의 말은 여자에게 공포였어.

"우와."

아이들은 여전히 자지러지게 웃어댔어. 모든 것이 다른 남자가 말을 하네. 고함인 듯 아닌 듯, 전혀 알 수 없는 말을 남자가 하고 있네.

"꺼져! 더러운 자식."

여자의 말이 거칠어졌어. 그럴수록 남자의 손아귀에는 힘이 들어갔어. 안간힘을 쓸수록 남자의 손아귀는 올무처럼 여자를 잡아두려 했어. 여자는 남자의 손아귀에서 벗어날 수가 없었어.

"크엉."

떠돌이 개가 짖기 시작했어.

여자와 남자를 에워싼 채, 빙글 맴을 돌면서 크엉, 크엉.

그 자리에 있던 아이들. 고개를 갸우뚱거렸어. 헷갈렸어. 벌을 받고 있는 건 자신들이 아니라 여자 같았어.

어떤 아이의 한숨 소리가 들렸어. 어떤 아이는 두려운 표정을 지었어. 대부분의 아이들이 마찬가지였어. 한숨을 쉬거나, 두려운 표정으로 여자와 떠돌이 개의 곁에서 멀어졌어.

남자는 사람들의 시선을 의식하지 않았어. 춤을 추듯 팔을 뻗어 가며 여자의 머리를 바닥에 내동댕이쳤어. 비틀거리던 여자가 바닥에 쓰러졌어.

여자는 바닥에 쓰러진 채로 이런 생각을 했어.

'이런 것이, 이런 순간이, 나에게는 수백 번 수천 번이지. 은밀한 부위를 맞댄 것과는 상관없이, 쥐어짜듯 젖가슴을 만져 대던 손끝의 온기와는 상관없이, 의미도 소용도 없이 마냥 싸지른 오물처럼 너에게 나는 그런 거야.'

그래서 여자는 매번 결기에 가까운 다짐을 했어.

못된 것들. 못된 것만 배워서. 나는 잘못한 게 없어. 죄가 있다면 너희들이지. 언젠가 너희들은 벌을 받게 될 거야.

*

내 아이. 백열전구처럼 얼굴이 동그란 아이. 눈썹이 짙고 코끝이 뾰족한 아이. 손가락이 길어 한 뼘의 길이를 잴 때마다 뽐을 내던 아이. 발가락은 왜 손가락보다 짧아? 발가락은 왜 손가락만큼 자유롭지 못해? 그거야 발가락은 신발을 신어야 하니까. 손가락만큼 발가락이 길면 우리는 거인국에 살아야 할걸. 아빠도? 나도? 그럼, 아빠도 너도.

내 아이. 가만히 눈을 마주하며 내 눈을 바라보던 아이. 왜? 내가 사랑스러워? 왜? 나만큼 예쁜 아이가 없어? 그래서 그런 거야? 라며 나의 말을 대신하던 나를 닮은 아이.

처음에는 화가 났어. 고개를 저으며 생각을 떨쳐 내려 했지.

나는 다시 눈을 감았어. 사진 속 그녀의 얼굴이 떠올라야 했지만, 나를 꼭 닮은 내 아이가 자꾸만 떠올랐어. 왜 그랬을까?

"이게 전부인걸요."

나는 바지 주머니에서 그녀의 사진을 꺼냈어. 손바닥보다 작은 흑백 사진이 낯선 사람의 손에 들리는 순간이었지.

첨벙.

그물에 걸려든 눈먼 물고기 한 마리가 유유히 그물을 빠져나가는 것 같았어.

"어쩜. 이렇게 예쁜 어머니를…… 정말 기억나는 게 없나요?"

그들이 나의 기억에 대해서 묻네. 잠깐이었지만 입가에 미소가 번졌어.

말을 할까? 말까?

저 깃털, 잘려 나간 술잔과 술병과 춤과 음악과 노래와 사랑과 낭만과 흥겨움이 당신의 손에 들린 그 사진 속에 들어 있다고. 그곳이 여기라고.

사진을 건네받던 오래전의 그날부터, 나는 줄곧 여기를 떠올렸다고.

APO 901 샌프란시스코, 캘리포니아.*

기억이 없어서, 어떤 것도 기억해 낼 수 없어서, 그래서 더더욱 나의 상상에는 죄가 없다고.

그러니 내가 그려 내는 이곳의 기억을 의심하지 말라고.

"당신의 어머니, 다행히 웃고 있네요."

그녀의 환한 웃음이 다시 나의 손에 들렸어.

------

* 부평 애스컴시티 미군 사서함

첨벙.

어리석은 물고기가 분명해. 기껏 도망쳤는데 다시 내 손에 잡혀 들었어.

이곳에 와서 이런 생각을 했어.

의지에 대한 생각, 선택에 대한 생각, 결심에 대한 생각, 고통에 대한 생각. 먼 미래의 기대와 희망에 대한 생각. 이런 것들.

징검다리 삼아 과거와 현재를 들여다볼 수 있는, 그래서 의미를 부여할 수 있는 거대한 정의들을 생각했어.

그런데 그녀, 여전히 웃고 있네. 나를 꼭 닮은 나의 아이처럼 웃고 있네.

그래, 웃음 때문이었어.

버려진 개와 고양이의 배설물이 즐비한 이곳에서 그녀가 아닌 딸아이의 얼굴이 떠오른 건, 그녀의 웃음 때문이었어.

"누군데? 뭔데? 왜 보는데?"

오래전, 말의 끝이 온통 물음표이던 딸아이의 질문에도 나는 아무 말도 하지 못했어.

대신 사진을 감추고 목말을 탄 아이의 양팔을 들어 하늘 높이 만세를 불렀지.

"봐. 아무것도 없지. 아빠 손에 이제 너밖에 없지."

"까르르. 까르르."

아이의 웃음소리를 듣는 순간이었어.

채집하듯 모아 둔 것도 아닌데 딸아이와 맞잡은 손끝으로 아이와 함께했던 모든 순간들이 관통하듯 지나갔어. 그때, 나도 웃었겠지.

그리고 또 한 번의 순간이 있었어.

처음과 끝이 변하지 않는 질문. 왜 나를 버렸을까? 왜 나를 버려야만 했을까?

지금도 그래.

사람들과 길을 걸을 때, 나는 내 아이를 생각했어. 이런 곳에는 절대 데려오지 않겠다는 다짐. 이런 곳에 온다고 해도 아이의 손을 절대 놓지 않겠다는 각오.

그런데 그녀는 이곳에서 나의 손을 놓았어.

여기는 말이야. 흔적뿐이라는데, 고작 이 정도의 흔적에도 나는 눈살을 찌푸리고 있어.

집이었다지.

작은 블록 같은 집들이 줄을 잇고 있어. 블록을 연결하기 위해 꽂아 놓은 더 작은 블록은 벽이 됐어. 지붕이 무너진 집도 있어. 지붕의 잔해가 집 안 곳곳에 흩어졌어. 벽은 지붕이 무너질 때 허물어졌겠지. 문이 떨어져 나간 것도 그 때문일 테고.

무너진 흔적 위에는 개와 고양이의 배설물이 쌓여

있어. 그 위에 누군가의 토사물이 지뢰처럼 깔려 있고, 바람에 쓸려 온 쓰레기가 그 위를 덮고 있어. 누더기가 된 채 쌓여 있는 옷과 신발은 잠깐이지만 누군가의 보금자리가 되어 주었을지도 몰라.

눈살을 찌푸린 채로 골몰한 나를 딸아이가 보았다면 이렇게 물었겠지.

"아빠, 여기는 왜 이래?"

나의 대답은 이렇게 시작됐을 거야.

"흔적은 원래 그래."

"흔적이 뭔데?"

다시 딸아이가 물었을 테고, 나는 망설이지 않고 이렇게 말했을 거야.

"사라지고 없는데 있다고 그려야 하는 곳. 그래서 상상이 필요한 곳. 하지만 사람들의 상상이 모두 제각각이라 누구도 책임지지 않는 곳. 그래서 버려진 곳."

나의 대답 끝에 혹시라도 딸아이가 다시 이렇게 묻는다면…….

"아빠가 그런 곳에서 태어났어. 그래서 버려진 거야?"

나는 단호하게 고개를 저을 거야. 그리고 딸아이에게 이 사진을 보여 줄 거야.

"봐, 그녀가 웃고 있지. 나는 이곳에서 태어나지 않았어. 나는 이곳에서 버려지지 않았어."

이게 나의 대답이어야 한다고 다짐했어.

하지만 내가 서 있는 곳은 APO 901 샌프란시스코, 캘리포니아. 그녀가 남긴 사진의 뒤편에 새겨진 곳.

앞서 걷던 사람들 뒤에서 내가 보고 있는 것은 그녀가 살았을 거리의 집터. 나, 지금 여길 걷고 있네.

이곳에서 내가 바라는 건, 이런 거야.

그가 나의 아버지가 아닐지도, 그녀의 일상이 매춘이 아니었을지도.

춤과 노래와 음악이 흐르는 곳에서 그녀가 마신 것이 술은 아니었을지도.

그런데 이 희망이 모두 거짓이라면, 그녀의 웃음 뒤에 숨겨진 사실이 이런 것들이라면.

그가 나의 아버지이고, 내가 매춘의 결과라면. 그런 순간에도 그녀가 이렇게 환하게 웃고 있다면.

그건 그녀가 쓸데없이 낭만적이라는 거야. 그렇게 낭만적인 사람이라서 그 시절을 살아냈다는 거고, 그럼에도 나는 버려졌다는 사실이겠지.

*

떠돌이 개는 늘 뒤안길로 다녔어.

사람들의 눈을 피하기 위해 영리한 떠돌이 개가 궁리한 방법이었지.

그런데 그날은 큰길로 들어왔어.

아이들에게 이유 없이 돌팔매를 당할 걸 알면서도, 저벅저벅 큰길로 들어와 판잣집이 늘어선 이 거리를 서성였어.

그러다 매를 맞았지. 그러다 잔가지 끝에 등이 콕콕 찔렸지.

여자가 문을 열고 나왔을 때, 떠돌이 개는 아이들에게 돌림을 당하고 있었어.

"못된 것들, 한심한 녀석들."

여자가 이런 말을 했었는데.

"그러다 너희들 벌 받는다."

여자가 이런 말도 했었는데.

하지만 땅바닥에 쓰러진 건 아이들이 아닌 여자였어. 남자의 군홧발에 여자의 몸이 나뭇잎처럼 나뒹굴었어. 이쪽으로 한 번, 저쪽으로 한 번.

아이들도 이런 게 폭력이라는 걸 알고 있었어. 하지만 폭력이 자신들을 향할까, 두려웠어.

아이들이 뒷걸음질을 치기 시작했어.

"지금이야. 도망쳐!"

한달음에 여자의 곁을 벗어나는 아이들이었어.

한순간에 거리가 조용해졌어. 이제, 남은 건 떠돌이 개와 여자와 남자뿐이네.

바람에 쓸려 가고 쓸려 오던 흙먼지도 일지 않았어.

남자의 비웃음. 남자의 콧방귀. 무례하고 거친 남자의 고함소리. 폭력적인 남자의 손과 발까지. 남자는 이 모든 것들을 한꺼번에 여자에게 쏟아냈어.

그때였어.

"크으엉. 크으엉."

떠돌이 개가 남자의 발끝에서 이빨을 드러냈어. 고개를 들고, 성난 꼬리를 세우고, 누런 이빨도 힘껏 내보였지.

"크으엉, 크으엉."

하지만 떠돌이 개의 울음은 전혀 위협적이지 않았어.

크으엉, 거릴 때마다 늘어진 떠돌이 개의 젖꼭지가 출렁거릴 뿐이었어.

남자는 떠돌이 개의 배를 걷어찼어.

물컹.

남자는 화가 났어.

따듯한 것이, 묵직한 것이, 물컹거리며 움직여 댔어. 남자는 꿈틀거리는 그것이, 움찔거리는 그것이, 떠돌이 개의 심장일지도 모른다는 생각이 들었어.

살아 있다는 느낌, 너도 나처럼 살아 있다는 느낌.

남자는 군홧발을 씻어내듯 허공에 발을 들어 올린 채로 발길질을 해댔어.

"더러운 개새끼. 더러운 년."

남자는 떠돌이 개의 배를 다시 한번 걷어찼어.

부웅. 떠돌이 개가 날아올랐어. 너무 가벼웠던 탓일까. 떠돌이 개가 땅바닥에 소리 없이 떨어졌어.

"크엉, 크엉."

크엉이 소리의 전부였으니, 앓는 소리도 그게 다였지.

일어서기 위해 버둥거리는 몸짓이라니.

머리를 쳐들면 배가 땅에서 떨어지지 않고, 네 발을 버둥거리면 다시 머리가 땅으로 꺼지고, 벌겋게 부풀어 오른 젖은 자꾸만 축축 늘어지고.

속살을 훤히 드러낸 떠돌이 개의 배를 보면 이런 궁금증이 생기기 마련이었어.

'너 엄마였구나?'

남자는 그렇지 않았어. 그에게는 하찮고 귀찮은 비웃음거리에 불과했지. 남자의 뒤틀린 입꼬리에서 피식거리던 비웃음이 새어나왔어.

"일어서지도 못하는 게, 짖지도 못하는 게."

누구에게 하는 말일까? 여자일까? 떠돌이 개일까?

누가 되었든, 이 말은 틀린 말이야. 여자도, 떠돌이 개도 일어설 힘이 있었고, 짖을 힘이 있었어. 하지만 여자와 떠돌이 개는 남자의 발아래에 그대로 누워 있었어.

왜냐고? 그게 소란을 잠재우는 가장 빠른 방법이었으니까.

이 모든 일들이 이곳에서는 흔한 일이야. 흔한 만큼 먼지처럼 일어났다, 먼지처럼 사라지곤 하지. 몰려다니는 아이들, 떠돌이 개, 줄줄이 늘어선 판잣집, 덜렁거리는 간판, 삐거덕대는 문짝과 화장 짙은 여자와 남자의 군홧발. 찌든 암내가 뒤섞인 정액의 냄새까지. 여기서는 모두 흔해 빠진 것들이지.

이 소란을 잠재우는 것 또한 이것들이야.

멀찍이 물러난 아이들이 떠돌이 개와 여자를 바라보고 있고, 미닫이문이 열린 채 벌거벗은 여자와 남자들이 갈퀴처럼 서 있어. 수많은 말들을 대신하는 모두의 눈초리. 그리고 침묵.

여자와 떠돌이 개가 일어나면, 남자는 왔던 길로 되돌아가 사라져. 남자는 바닥에 침을 뱉었을 테고, 침을 밟지 않으려 발끝에 힘을 주며 걸었을 거야.

이곳의 모습은 이래.

그래서 네가 찾는 낭만 같은 건 이곳에 없어.

*

우리는 말없이 걸었어. 걷는 내내 쓴웃음을 지었지. 어쩌다 누군가와 눈이 마주치면 애써 표정을 감추곤 했어.

우리가 걷기만 했다고 해서 서로에게 불친절했던 것은 아니야. 우리는 서로에게 상냥했어.

입국과 출국은 달랐어도 우리는 처음부터 서로를 믿었어.

그럴 수밖에. 말이 다르고, 생김새가 달라도 우리가 모인 이유는 하나잖아. 동질감, 말하지 않아도 알 수 있는 그것이 우리에게는 있었어. 그리고 몇 번이고 꺼내 봤을 사진 한 장쯤은 모두의 가슴속에 숨어 있었지.

그걸, 타인에게 보여 준다는 건 이런 거야.

"엄마를 알까요?"

이렇게 묻고 있다는 뜻이기도 하지.

저기 한 무리의 사람들이 걸어오네. 용기 내어 다가가 사진을 보여 준다면, 그래서 그녀가 앉아 있는 이곳과 그녀가 보고 있는 저곳이 어디인지 알고 있냐고 묻는다면, 그들, 말해 줄 수 있을까?

 골목을 지나 대로에 들어섰을 때였어.
 무리 지어 걷는 우리의 대열이 세모였다가, 네모였다가, 다시 동그라미로 변하곤 했어. 대열이 바뀐다는 건 우리가 다른 방향을 보고 있다는 뜻이기도 해.
 그러다 나란히 걷던 그와 눈이 마주쳤어. 그 사람, 애틋했어. 마치, 내 등 뒤에 사진 속 그녀가 있는 것처럼 나를 바라보았어.
 "......?"
 말없이 묻는 나의 표정에 그가 악수를 건네며 말했어.
 "잘 왔어요. 우리, 잘 온 거예요."
 나는 또 말없이 물었어.
 "......?"
 그럼에도 그는 여전히 나를, 아니 우리 모두를 애틋하게 바라보았어.
 "이곳에 온 것만으로도 충분한 의미가 있어요."
 그의 이런 말들, 이곳을 한없이 젠체하게 만드는 그의 표정이 낯설었어.
 우리는 길을 걸었을 뿐이야. 형편없이 버려진 좁은

골목길을 지나, 난잡하게 구획된 낡은 빌라촌을 지나쳐 왔어.

걷는 동안 이런 것들을 보았어. 찢겨 나간 새의 깃털과 짐승들의 배설물, 건물 사이로 사라졌다 다시 나타나는 녹음 짙은 산.

곧 다각형의 갈림길이 나타났어. 낯선 간판들이 이정표 같았지. 알전구의 반짝거림이 선명하게 드러나는 길 끝에서 음악 소리가 흘러나왔어.

노랫소리와 작은 환호성. 기타와 건반 악기의 선율이 우리의 걸음을 멈추게 했어.

"어디든 상관없겠죠?"

무리 지은 우리가 걸음을 멈췄을 때, 한 사람이 앞서 걷고 모두가 그 뒤를 따랐어. 한 걸음 비껴 나던 행인들을 피해 우리는 어느 술집을 향해 걷기 시작했어.

우리가 따른 것도 선율이네.

한데로 모아진 우리의 걸음걸음이 피리 소리를 쫓아가던 아이들의 뒷모습과 닮은 듯했어.

문을 열자 모든 것이 선명하게 나타났어.

조도 낮은 조명 아래 속삭이듯 들려오는 노랫소리, 기타와 드럼과 피아노와 색소폰 소리까지, 모두 하나로 연결되고 있었어.

그리고 테이블 위에 올려놓은 사람들의 손. 연인의 손을 잡거나, 두 손을 모은 채, 또는 그저 내려놓은 채로, 사람들은 무대를 바라보고 있었어.

이곳에서 내가 찾은 의미는 이런 거야.

어느새 사람들과 어울려 앉은 나. 음악을 듣기 위해, 사람들의 대화와 웃음소리를 듣기 위해, 귀를 쫑긋 세우고 있는 나. 여전히 내 안에는 그녀의 사진이 들어 있는데, 여전히 나는 그녀의 흔적을 찾아 헤매고 있는데, 내 안에 어느새 이곳의 낭만이 들어와 버렸어.

나는 그녀의 사진을 테이블 위에 올려놓았어. 내가 시작이 되었던 건 아니야. 함께 걷고, 나란히 앉아 음악을 듣던 모두가 가슴속에 품고 있던 사진을 올려놓았어.

그 소리. 똑똑.

사진을 내려놓을 때마다 문을 두드리듯 테이블 위로 똑똑대던 작은 노크 소리.

손을 보았어. 그녀의 손을. 테이블 위에 올려놓은 그녀의 손과 손끝을. 그리고 환하게 웃고 있는 그녀의 미소와 마주했지.

"그녀, 기뻤을까?"

나는 또다시 이렇게 묻고 말았어.

여자는 늘 맹세를 했어. 맹세를 하고도 금세 잊어버리는 그런 맹세였지.

그날도 입술을 깨물고 두 주먹을 움켜쥐었어. 그리고 다짐하듯 떠돌이 개를 향해 말했지.

"절대로, 절대로."

절뚝이며 걷던 떠돌이 개가 뒤를 돌아보았어.

"크엉, 크엉."

떠돌이 개는 방금 전의 일을 모두 잊은 듯 여자의 발등에 제 코를 박으며 킁킁, 냄새를 맡았어. 여자의 손길이 떠돌이 개의 등에 닿았어. 거칠고 더러운 털이었지. 털의 여기저기가 뭉치고 빠져서 듬성듬성 속살을 드러내고 있었어.

"오지 마! 절대로 여기에 오지 마!"

단호했던 여자의 당부였어.

떠돌이 개는 고개를 떨군 채 왔던 길을 되돌아갔어.

모든 게 순식간에 일어난 일이었지.

떠돌이 개와 아이들, 남자의 군홧발과 삐거덕대던 창문. 문을 열고 빤히 바라보던 판잣집 사람들의 눈빛과 남자들의 박수 소리. 아이들이 가지고 놀던 잔가지와 돌멩이까지.

 이 길은 언제나 그랬어. 낮과 밤이 달랐고, 밤마다 넘쳐나는 유흥을 담기 위해 군부대 앞에서는 은밀한 거래가 이루어졌어. 형편없는 쪽방이 필요했지. 그 방엔 여자가 벌거벗은 채로 누워 있어.

 긴 밤이 지나면 어김없이 아침이 찾아와. 모든 기억이 사라져 버린 듯, 아침이 오면 다시 시작이야. 밤이 오기 전까지 마른 흙먼지가 물안개처럼 날리는 이 길에 여자와 떠돌이 개와 돌멩이를 들고 어슬렁거리는 아이들의 이야기가 또 한 번 나타났다, 사라져.

 이 모든 게 너무나 빨라서, 여자는 꿈인 줄 알았어. 그래서 여자의 맹세는 늘 반복됐지.

 어느 날이었어. 산에서 연기가 피어올랐어. 군부대와 마주한 산에서 올라오는 연기였지.
"저것 좀 봐. 저것 좀 봐."
 누군가 손가락질을 했어.
"저게 그놈일걸. 저게 그 개일걸."
 웅성대는 사람들 중에 소리를 들었다는 사람이 있었어.
"매질이었지. 퍽, 퍽. 몽둥이로 쳐 맞는 소리였지. 퍽, 퍽."

여자도 사람들 틈에서 연기를 올려다보았어.

"누가요?"

여자가 물었어.

"누구긴, 그 떠돌이 개지."

흰 연기 사이로 검은 연기가 불에 번지듯 솟아올랐어.

떠돌이 개의 완벽한 죽음은 그렇게 흘러갔어.

검은 연기와 함께 털이 그슬릴 거라는 말이 예언처럼 시작됐고, 검게 탄 가죽에 또 한 번의 매질이 시작될 거라고 했어. 죽었으니 아프지 않을 테고, 거세게 내리칠수록 살은 더 연하게 부풀어 오를 거야. 이런 말도 오고 갔지.

여자는 솟아나는 연기를 한참 동안 바라보았어. 연기는 하늘 끝까지 올라가 흔적도 없이 사라졌어. 여자는 아무것도 할 수 없었어. 연기를 잡을 수도, 연기를 끌어다 다시 산 밑에 묻을 수도. 그래서 여자는 사람들이 모두 사라질 때까지 자리를 떠날 수가 없었어.

*

사람들이 웃고 있어. 사진 속 그녀처럼, 환한 표정

으로 웃고 있어.

 이곳은 음악이 있어. 사람들이 있고, 대화가 끊이지 않지. 그러니 나의 웃음을 믿을 수밖에.

 나의 어머니와 나의 아버지와 나의 존재를 믿을 수밖에.

 그녀의 웃음과 낭만을 나는, 믿을 수밖에.

*

 이 안에 박제된 게 여자의 웃는 얼굴이라고 해서 그게 전부는 아니야.

 여자의 눈에는 많은 것들이 담겨 있어. 발가벗은 몸과 떠돌이 개, 남자의 군홧발과 더러운 거리, 흔들리는 간판과 술잔과 술병…… 그리고 깃털이 달린 펜과 깃털을 닮은 꿈까지.

 당신이 보았고, 당신이 간직한 그것이 사라지기 전까지 나는 이것들을 온전히 기억하고 있을 거야.

 그날, 코끝에 노릿한 냄새가 느껴졌을 때 여자는 그제야 목이 트인 떠돌이 개의 목소리를 들을 수 있었어.

 '새끼를 잉태하는 건 암컷뿐이지. 암컷이라서 퉁퉁 불은 젖에서 피가 쏟아졌지.'

여자는 떠돌이 개가 보고 싶었어.

하지만 남은 건 언제나 그렇듯 연기뿐이었어. 희고, 검은 연기가 산기슭에서 쉬지 않고 솟아올랐어. 떠돌이 개의 몸이 하늘로 오르는 중이었지. 너무 가벼워서 나비가 됐을까.

하지만 여자의 바람은 그런 게 아니었어. 연기가 떠돌이 개의 몸을 다시 채울 수 있다면, 떠돌이 개가 다시 내려올 수만 있다면.

그런 추도사가 필요했어. 그래서 여자는 떠돌이 개를 위해 이런 추도사를 남겼어.

"이제 늑대가 되렴."

아름다운 단편
斷片

오늘은 손이다.

프레스 위에 철판을 올리고 양손으로 노란색 누름 버튼을 눌렀다. 철판이 구겨지고 금형을 따라 칼이 지나간 자리에 구멍이 뚫렸다. 구겨진 철판이 모습을 드러냈다.

철수는 또 한 번 버튼을 눌렀다. 두 번은 안 된다. 딱 한 번이어야 했다. 철수가 손을 번쩍 들었다. 노란색 안전모 위로 철수의 손이 반짝거렸다.

"이걸 눌러도 이게 움직이지 않는다고 물었어."

철수는 작업할 때와 똑같이 오른손을 베개 위로 힘껏 뻗었다.

"꼭 손을 들어야 해?"

선아가 물었다.

"당연하지!"

선아는 모른다. 작업장 안의 소음이 얼마나 크고 끊임없는지. 다른 것도 아니고 철이야. 두꺼운 철판이라고. 그런 철을 잘라야 하는 거야. 그러니 얼마나 크고 얼마나 무거운 칼이 내려오겠어. 매번 똑같은 말을 들려주지만 선아는 작업장 안의 소음을 대수롭지 않게 여겼다.

"말이 소용없다니까."

철수는 귀가 아닌 말이 찢어진다고 말했다. 소음에 찢긴 말들이 사방으로 흩어지면 사람의 목소리는 아무런 의미가 없다.

"손을 들어야 해. 그래야 들려."

"그래서 뭐가 잘못된 건데?"

선아가 물었다.

"두 장이었던 거야. 한 번에 한 장씩인데 한 장을 치우지 않았어."

철수가 알게 된 규칙은 한 번에 한 장씩이었다.

"별거 아니네."

"아니. 대단한 거야."

철수가 말하고 싶은 건 버튼이 기억하고 있는 규칙이었다. 한 번에 한 장씩. 한 장이 끝나면 한 장을 빼고 다시 시작해야 하는 규칙 말이다.

"그게 날 지켜 주고 있었어."

철수는 아무리 눌러도 내려가지 않던 버튼의 느낌을 전해 주고 싶었다.

"기억나?"

철수가 물었다.

"어떤 거?"

"내가 도망치던 날."

철수는 그날의 일을 떠올릴 때마다 도망이라고 말했다.

"첫 번째? 두 번째?"

선아가 물었다.

선아는 괜히 웃음이 나오려 했다. 떠난 거라고. 나는 그렇게 생각한다고, 아무리 말해도 철수는 도망이라는 표현을 고집했다. 너는 모르지만 나는 도망이었어. 매 순간 나는 네가 없는 곳으로 아주 멀리 도망치고 싶었어. 도망쳤기 때문에 다시 돌아올 수 있었던 거야. 떠난 너는 다시 돌아오지 않았잖아. 철수의 말대로라면 선아는 철수를 떠난 사람이었고, 철수는 선아에게서 도망친 사람이었다.

철수는 망설이지 않았다.

"두 번째."

"웃어도 돼?"

이불까지 들썩이며 웃는 선아였다.

"벌써 웃고 있잖아."

철수는 선아가 왜 웃고 있는지 알고 있다.

"걸어서 도망가는 사람은 없어. 그날 넌 뛰지 않았어."

선아가 말했다.

선아의 기억대로 그날 철수는 뛰지 않았다. 다른 날과 똑같았다. 아무 말도 하지 않았고, 아무런 내색도 없었다. 저거 구름이지? 담장에 기대어 선 선아가 물었을 때 철수는 하늘을 올려다보았다. 구름이 흘러갔다. 흰 구름이야. 흘러가는 구름을 보며 선아가 말했다. 희지 않아. 새벽이라서 그런 거야. 새벽하늘이 깜깜하니까 구름이 흰색으로 보이는 거야. 철수가 말했다. 아니, 비가 그쳤어. 흰 구름이 흘러가고 있어. 선아는 흰 구름이라고 믿었다. 철수가 선아의 손을 놓은 건 그때였다. 철수는 손가락 끝에 매달려 있는 선아의 손을 잘라 내고 싶었다. 철수가 먼저 담장에서 몸을 뗐다. 등을 떼고, 엉덩이를 떼고, 허리를 곧게 폈다. 가야겠어! 철수가 앞장섰다. 같이 가…… 선아가 철수의 뒤를 따랐다. 담장을 따라 걸을 때도, 담장에 기대어 선 채 서성일 때도, 철수와 선아를 향해 다가온 사람은 아무도 없었다. 그날 두 사람은 완벽하게 버려졌다. 비에 젖은 검정 비닐봉지와 바닥에 달라붙은 광고지 한 장이 곁에 있던 전부였다. 검정 비닐봉지는 담장에 막혀 바람에 쓸려 가지 못했다. 철수는 광고지를 발로 헤치며 시간을 때웠다. 누구라도 나타나 주길 바랐다. 키가 크고, 나이가 많고, 어른이라고 부를 수 있는 사람이면 더 좋았다. 얘들아, 비를 맞고 서 있으면 감기에 걸린단다. 안전한 곳으로 들어가렴. 여기는 어두운 담장 끝이구나. 누군가 다가와 이렇게 말해 준다면, 철수는 이런 말을 하려고 했다. 얘 때문이에요. 얘가 나빠요. 저는 아니에요. 배 속에 아이가 자라고 있는 건 제가 아니라 저 아이예요. 그러니 저를 구원해 주세요.

하지만, 그날은 아무도 오지 않았다. 아무도 나타나지 않았기에 철수는 구원받지 못했다. 철수가 선아의 손을 놓은 건 담장을 따라 모퉁이를 돌아설 때였다. 도로를 따라 심어진 은행나무의 잎이 철수의 머리 위로 떨어졌다.

"그렇게 웃겨?"

철수가 물었다.

이불 밖으로 선아의 손과 발이 드러났다. 철수는 한쪽으로 쏠린 이불을 끌어와 바르게 폈다.

"웃겨."

선아는 잘 웃는다. 철수가 도망쳤을 때도, 철수가 다시 나타났을 때도 선아는 웃기만 했다.

"미안해."

철수는 선아가 웃을 때마다 미안하다는 말이 먼저 나왔다.

"괜찮아."

선아는 모든 것이 괜찮았다. 철수가 아무것도 할 수 없었다는 것쯤은 선아도 알고 있었다. 고작해야 속을 달래 줄 아이스크림을 사 주거나, 사람들이 없는 곳에서 선아의 손을 잡아 주는 게 철수가 할 수 있는 전부였다.

"내가 뛰어갔다면 달라졌을까?"

철수가 물었다.

선아는 선뜻 대답하지 못했다. 떨어지는 은행잎 사이로 철수가 손을 뿌리치고 달려갔다면 괜찮지 않았을 거라고 말한 적이 있다. 하지만 철수가 힘껏 뛰었다고 해서 달라질 것은 없었다. 선아는 철수를 원망하지 않았다.

"아니……."

그래서 선아는 철수의 뒷모습을 잊지 않았다. 가늘게 떨리던 철수의 손끝도 기억한다. 선아는 괜찮았고,

괜찮은 것 같기로 마음먹었다.

"다행히 그날 비가 왔어. 그리고 비가 그쳤어. 우리는 흰 구름을 보았어."

선아의 기억은 여전히 하늘에 있었다.

"나는 벽을 생각했어."

철수가 말했다.

"벽을 생각하느라 너를 잊었어."

"어떤 벽?"

"그날 우리가 기대고 서 있던 담장. 얼마나 단단하던지. 그래서 얼마나 무섭던지."

"나는 무섭지 않았어."

선아가 힘겹게 돌아누우며 말했다. 선아의 숨소리가 길게 이어졌다.

만삭이라고 했다. 철수가 선아의 앞에 다시 섰던 지난달이었다. 철수는 만삭이 뭐냐고 물었다. 선아는 더 이상 배가 나오지 않아서 아이가 곧 나올 거라고 알려 주었다.

숨을 고른 선아가 돌아누웠다.

"이제 말해도 돼."

선아가 돌아누울 때면 철수는 한 뼘 정도 자리를 비켜 주었다. 이번에는 철수가 숨을 골랐다.

"너랑 나랑 기대고 섰잖아. 그런데 꿈쩍도 안 했어."

"뭐가?"

선아가 물었다.

"벽이. 철길을 따라 이어졌던 긴 담장이."

너무 단단해서 절대로 무너질 것 같지 않던 벽이었다.

"그걸 깨고 싶었어."

벽을 부수고 싶던 그 순간, 철수는 선아의 불거진 배를 보았다. 선아의 배 속에 벽보다 더 단단한 생명이 자라고 있었다.

"그런데 이제야 알았어. 그게 나를 지켜 주고 있었던 거야."

철수는 절대 움직이지 않던 노란색 버튼과 선아와 나란히 섰던 벽을 함께 떠올렸다.

한 번에 한 장씩.

이 규칙을 벗어나면 노란색 버튼이 움직이지 않는다. 버튼이 단단한 벽이 됐다.

누름 버튼이 움직이지 않자, 철수는 손을 번쩍 들고 해일을 불렀다.

해일은 철수가 놓쳐 버린 규칙을 한눈에 알아보았다. 해일이 프레스를 살피는 동안 철수는 해일의 손을 보았다. 해일의 왼손은 세 개의 손가락이 잘려 나갔다. 해일은 남은 엄지와 검지로 프레스에 눌린 철판을 꺼내고 다시 끼웠다.

그리고 소리가 시작됐다. '측'을 시작으로 '츠윽'이 있었고, '큭'을 시작으로 '크윽'이 있었다. 한 번에 한 장씩! 해일의 설명이 이어졌다. 프레스 위에는 한 번에 한 장씩, 찍고 올리고, 찍고 올리고. 해일의 설명과 함께 '측'과 '큭'이 끊임없이 반복됐다.

"똑같았어. 단단했거든. 우리가 서 있던 벽처럼 절대 무너질 것 같지 않았어."

아무리 눌러도 움직이지 않던 버튼이 철수가 기대고 섰던 벽만큼 단단했다.

"그래서 안전했던 거야."

……
……

한동안 철수와 선아의 대화가 이어지지 않았.

철수는 그날을 다시 떠올렸다.

그날 그 순간의 벽을 다시 만난다면 철수는 또다시 도망을 칠 것만 같았다. 그건 선아도 마찬가지였다. 모든 게 괜찮은 것 같다가도 모든 게 괜찮지 않은 순간이 있었다. 철수의 목소리가 귀에 닿으면 괜찮은 것 같다가도, 어느 한순간은 괜찮지 않았다. 반지하의 집에 철수와 나란히 누워 있는 지금이 괜찮은 것 같다가도, 현관문이 닫힐 때마다 들리는 철문의 둔탁한 소리는 괜찮지 않았다. 철수와 같이 외우는 숫자 네 개의 비밀번호가 좋아서 까르르 웃다가도, 만삭의 배가 아파 올 때면 까무러칠 정도로 불안했다.

그럴 때면 선아는 다시 철수의 존재를 확인했다.

"오늘은 몇 개를 만들었어?"

선아가 철수에게 물었다.

"셀 수 없어."

철수는 어제와 똑같은 것을 만들었다. 어제와 똑같다고 해서 언제나 같은 것은 아니었다.

"그렇게 많아?"

"우리는 세지 않아."

"그렇다고 몰라?"

"내가 아는 건, 내가 만드는 거야."

"그러면 그걸 알려줘."

철수가 이불 속에서 왼손을 꺼냈다.

"그건 가면처럼 생겼어."

철수의 왼손이 동그라미를 그렸다.

"진짜 가면은 아니지?"

선아가 물었다.

철수는 동그라미 위로 프레스에 눌린 철판의 모형

을 그렸다.

"응. 가면처럼 생긴 거야. 위에 세모가 두 개 있어. 그게 눈이야."

선아는 철수의 얼굴에서 가면에 가려진 두 눈을 지웠다.

"코는?"

"그 밑에 작은 세모가 코야."

이번에는 철수의 얼굴에서 코를 지웠다.

"입은?"

"있어. 귀까지 길게 찢어진 게 입이야."

선아는 철수의 얼굴에서 입을 지웠다. 이제 귀가 남았다.

"귀는?"

선아가 물었다.

"귀는."

귀는, 설명하기 어려웠다.

"돌아누워 봐."

선아가 돌아눕는 동안 철수는 귀를 생각했다.

천장을 올려다보며 선아가 물었다.

"됐어?"

"귀는……."

철수가 망설이는 사이 선아는 방금 전까지 그렸던

가면의 모습을 잊어버렸다.

"잠깐만."

시간이 필요했다. 선아는 눈과 코와 입이 연결된 가면을 다시 그렸다.

"됐어."

선아가 말했다.

"귀는. 귀는, 비어 있어."

철수는 더 이상 설명할 수가 없었다.

구멍은 아니었다. 귀가 있어야 할 자리에 구멍처럼 파인 홈이었다.

"그게 귀야?"

선아가 물었다.

철수가 보기에는 그랬다. 프레스에 찍혀 귀가 잘려 나갔다.

"그런 귀였어."

이번 금형을 두고 해일은 어려운 작업이라고 했다. 철판의 틀을 완성하기 위해서는 수십 번의 테스트가 필요했다. 바움과 알린과 누힘이 철판을 자르면 철수가 그것을 날랐다. 손바닥만 한 철판을 시작으로 가슴보다 더 큰 철판을 가슴에 대고 날랐다. 철의 무게를 이겨내야 했다. 다리와 허리에 힘을 주었고, 팔목이 아닌 팔뚝이었다가 어깨였다가 다시 다리에서 어깨까지. 나중에는 어디에 어떻게 힘을 줘야 할지 몰라 몸이 비틀거렸다. 금형이 완성될 때까지, 안전 덮개를 달고 테스트를 마칠 때까지, 해일을 제외한 모든 직원들이 그렇게 일했다. 말짱하던 얼굴에 땀이 흘렀다. 목덜미를 타고 내려온 땀이 바닥으로 뚝뚝 떨어졌다.

어느 날이었다. 철수가 처음으로 절단기 앞에 섰다. 땀을 닦고 장갑을 다시 꼈다. 이번에는 귀마개도 했다.

여길 봐. 거기가 아니라 여기야. 여기를 잡고 거기를 당겨.

해일이 가리킨 여기와 거기는 한 뼘 정도의 차이가 있다. 양발을 벌리고 팔을 있는 대로 뻗은 상태에서 한 뼘을 늘린다. 그리고 다시 한 뼘만큼 절단기의 시작을 줄여야 했다.

아니지, 여기에 맞춰서 이렇게 밀어 넣어야지.

해일의 시범이 끝나자 끊어진 철의 조각이 반대편으로 떨어졌다. 칼이 지나간 자리에서 빛이 났다. 이제 철수의 차례였다.

여기를 잡고 앞을 보는 거야. 할 수 있는 만큼만. 그래야 손을 언제 놓을지 알 수 있어.

묵직한 철의 무게만큼 손과 발의 끝이 무거웠다. 발을 떼는 순간 끊어진 철의 조각이 반대편으로 떨어졌다. 이번에도 칼이 지나간 자리에서 빛이 났다.

"그러면 귀를 버린 거야?"

선아는 귀를 찾고 싶었다. 귀가 없는 가면은 쓸 수 없다.

"그게 귀야. 구멍처럼 생긴 귀."

철수는 귀를 버리지 않았다.

"귀가 없는데 어떻게 가면을 써."

선아는 더 이상 철수의 얼굴에 대고 가면을 그리지 못했다. 귀가 생기면 끈을 달아서 철수와 함께 가면을 쓰려고 했다.

방 안의 불빛이 가늘게 흔들렸다. 선아가 눈을 감았다.

"눈이 부셔."

선아를 대신해 철수가 일어났다. 철수가 불을 끄는 동안 선아는 눈을 뜨지 않았다.

천장에 달린 전등 탓이 아니었다. 선아는 가끔 방 안에 있는 모든 것들이 눈부셨다. 그만큼 좋았고, 그만큼 낯설었다. 방이 있고, 부엌이 있고, 화장실이 있다. 방에는 곧 태어날 아이를 위해 철수와 선아가 사들인 온갖 것들이 있다. 기저귀가 있고, 젖병이 있고, 손바닥보다 작은 신발과 아이 옷이 차곡차곡 개어져 있다. 방마다 창문도 있다. 창문을 열면 거리를 오가는 사람들을 볼 수 있다. 골목에 주차된 차와 차 사이를 비집고 들어가는 사람들도 보인다. 이런 집에서, 저런 골목과 마주한 집에서 선아는 살고 싶었다. 이만큼이었다면, 이만큼 환하고 이만큼 넓은 집이었다면, 배를 가린 채 거리를 헤매지 않았을지도 모른다.

퇴학을 당하고 선아가 더 이상 학교에 갈 수 없게 됐을 때, 선아의 부모는 선아를 한심한 년이라고 불렀다. 그러다 쓸모없는 년으로, 뻔뻔한 년으로 선아를 불러댔고, 이 모든 년을 불러와야 할 때는 너는 그런 년보다 못한 년이라고 말했다.

"이제 됐어?"

한 뼘만큼 비켜 누우며 철수가 물었다.

선아가 눈을 떴다. 방 안이 어두워졌다. 어두웠지만 철수가 보였고, 천장에 매달린 등도 보였다. 구석에 쌓아 둔 기저귀와 아이 옷과 신발, 분유와 젖병을 담아 둔 상자도 보였다. 철수의 숨소리도 들렸다.

"알 것 같아."

선아는 가면이 필요했다.

그런 년이 되는 건 순식간이었다. 구역질이 올라왔다. 뭘 처먹었니? 뭘 처먹시 않았다. 디리온 년. 더럽지 않았지만 얼굴이 터질 것 같은 구역질이 올라왔다. 선아는 집을 나와야 했다. 무릎이 튀어나온 체육복을 입고 한참을 걸었다. 사람들과 눈이 마주치면 먼 하늘을 올려다보았다. 그때마다 가면이 필요했다. 들키고 싶지 않았다. 천만에요. 저는 고등학생이에요. 이제 1학년인걸요. 그런 제가 어떻게 임신을 할 수 있겠어요. 안 그래요?

"그때 내가 왜 그랬는지…… 알 것 같아."

거리를 떠돌 때마다 선아는 철수가 보고 싶었다. 하지만 철수가 떠나는 순간에도 선아는 철수를 붙잡지 않았다. 선아의 몸에 일어난 변화를 제일 먼저 알아챈 사람이 철수였고, 제일 먼저 선아의 곁을 떠난 사람도 철수였다. 어때? 티 나? 선아가 물었다. 아니. 전혀. 철수는 거짓말을 했고, 선아는 철수의 거짓말을 믿었다. 맞아. 아무렇지도 않아. 선아는 철수의 뒤에 숨고 싶었다. 아이스크림 먹고 싶어. 선아의 한마디에 철수가 뛰어갔다. 돈이 있을 때도, 돈이 없을 때도 철수는 어딘가로 뛰어갔다. 하지만 그날은 달랐다. 금방이라도 비가 쏟아질 것 같은 날이었다. 선아가 철수를 찾아 길을 헤매기도 전에 철수가 먼저 나타났다. 철수는 선아의 팔을 잡아끌고 편의점으로 향했다.

"편의점에서 내 팔을 잡았을 때."

어두운 방 안에서 선아의 두 눈이 반짝거렸다.

그날, 철수가 선아의 팔을 잡았다고 해서 달라질 것은 없었다. 선아의 기억 속에 철수는 매 순간 달아났다. 이상해. 배가 점점 불러 와. 희멀건 아이스크림이 선아의 입가에 번졌다. 미쳤구나. 미쳤어. 철수가 화를 내며 말했다. 철수는 인정하고 싶지 않았다. 그러기 위해선 모르는 사람이 되어야 했다. 선아가 누군지, 선아의 배 속에 누구의 아이가 자라고 있는지. 그동안의 모든 기억을 지워야 했다. 철수는 선아가 다가오면 부지런히 도망쳤다. 선아의 전화를 받지 않았고, 선아가 보이면 빠르게 달아났다.

"네가 내 팔을 잡아 주었어."

선아는 철수가 옆에 서 있으면 커다란 배가 하나도 창피하지 않았다. 선아에게 철수는 그런 존재였다.

"편의점 안이 너무 추웠거든."

춥다는 선아의 기억은 맞지 않다.

"네가 꺼내 주지 않았다면 난 아마 얼어 버렸을 거야."

이 말도 틀렸다.

"녹아 버렸겠지."

철수가 말했다.

"너는 한여름에도 겨울 체육복을 입고 있었어."

그럴 수밖에 없었다. 선아는 배를 가려야 했다. 배

를 가리기 위해 옷을 잡아당겨야 했고, 그런 옷은 체육복밖에 없었다. 낡은 체육복 위로 선아의 가슴이 불거졌다.

"내가 기억하는 그때의 너는······."

선아가 기억하는 철수는 잘 다린 셔츠와 청바지를 입고 있었다. 단추를 끝까지 채우지 않아 칼라 사이로 하얀색 티가 드러났다.

"그때의 너는······ 나였어."

선아에게 철수는 가면이었다. 집을 나온 선아가 더이상 갈 곳이 없을 때였다. 선아는 철수를 만나기 위해 철수의 주변을 맴돌았다. 등굣길과 하굣길, 아니면 철수와 자주 갔던 노래방과 피시방, 쉼터 주변의 놀이터를 서성였다. 그때 철수가 왔다. 말간 얼굴의 철수가 선아의 팔을 잡아끌었다.

"너를 만나서 다행이었어."

편의점 앞에서였다. 그날도 선아는 아이스크림을 찾았다. 편의점 문을 열고 아이스크림이 있는 냉동고까지 빠르게 걸어갔다. 잔뜩 쌓인 냉동고 속에 얼굴을 파묻고 팔을 뻗었다. 아이스크림이 선아의 손에 부딪히며 차가운 소리를 냈다. 선아는 그대로 숨고 싶었다. 너무 더웠고 너무 더운 여름에 어울리지 않는 옷을 입고 있었다. 아무리 더워도 배 속의 아이는 녹지 않을 테고, 녹지도 않는 아이에게 여름은 쓸모없는 계절이었다. 쓸모없는 계절에 살고 있는 선아는 자신이 더 쓸모없는 사람 같았다. 선아는 철수에게 그런 말을 하고 싶었다. 하지만 철수는 아무 말도 하지 않았다. 철수는 선아가 마음껏 아이스크림을 고를 수 있게 두 걸음이나 비켜서 있었다. 선아는 발뒤꿈치까지 들어 올리며 온몸으로 아이스크림을 골랐다. 입고 있던 파란색 체육복이 우주복 같았다. 차라리 우주선이길, 우주선을 타고 멀리 사라져버리길. 철수는 간절히 바랐다. 그렇게만 해 준다면 지금보다 백 배는 착한 사람이 될 수 있을 텐데, 그렇게만 된다면, 그렇게만 되어 준다면…… 그만! 아이스크림을 고르는 선아의 팔을 철수가 힘껏 잡아당겼다.

"너는 언제나 내 손을 잡아 주었어."

선아가 말했다.

"……"

철수는 두 번이나 도망을 쳤다. 한 번은 선아의 임신을 알게 된 날이었고, 또 한 번은 비 오는 새벽 담장을 따라 걷던 날이었다. 두 번 모두 선아를 남겨 둔 채였다.

"다행이지?"

선아는 철수가 끄덕이길 바랐다.

"……."

철수는 아무 말도 하지 않았다.

"이제 가면은 필요 없어."

선아가 철수의 손을 잡았다.

철수는 선아의 말을 어렴풋이 이해했다. 하지만 이제 가면이 필요 없다는 선아의 말에 철수는 아무 말도 하지 못했다.

넉 달 만에 다시 만난 선아는 체육복을 입고 있지 않았다. 어깨에서 발목까지 내려오는 꽃무늬가 그려진 긴 치마를 입고 있었다. 따뜻하고 안전해 보였다. 누가 보아도 곧 엄마가 될 것 같은 모습이었다. 체육복이 아니라서 다행이라는 철수의 말에 선아는 웃고 말았다. 더 이상 체육복은 입지 않아도 돼. 선아는 철수가 안고 있는 아이스크림을 뺏어 들었다.

그날, 철수와 선아는 이런 이야기를 주고받았다. 퇴학, 그거 별거 아니야. 학교, 그거 별거 아니야. 다시 다니면 돼. 열일곱, 그거 별거 아니야. 이제 곧 우리는 어른이 될 거야. 아이, 그거 별거 아니야. 우리의 아이인걸. 사랑, 그거 별거 아니야. 지금 우리가 하고 있잖아.

이런 말을 주고받았던 기억이 다행이라면 다행이었다.

"더 다행인 게 있어."
"뭔데?"
선아가 물었다.
"소리가 들렸어."
'측'과 '큭' 사이의 소리였다. 철수는 '측'이 되기 전에 '츠윽' 소리가 들렸고, '큭'이 되기 전에 '크윽' 소리가 들렸다고 말했다.

노란색 누름 버튼이 움직이지 않을 때였다. 해일이 다가와 전원을 끄고 다시 켜는 순간이었다. 어제까지도 들리지 않던 소리가 들리기 시작했다.

"오호!"
선아는 일부러 목소리를 높였다.
"이제부터래."
"누가?"
"아저씨들이."
아저씨들이라면 직원 모두를 말한다.

철수와 짝인 바움 아저씨와 바움 아저씨와 친한 알린 아저씨와 알린 아저씨와 한집에 사는 누힘 아저씨 모두 말이다.

"아저씨들은 늘었어?"
"아닐걸."
철수가 아저씨라고 부르는 직원들은 소리에 관심

이 없다. 그건 소리가 아니라 악이라고 했다. 악이라 귀마개 해야 해. 악이라 듣지 말라고 귀마개 해. 너도 해. 그리고 안심해 철수. 우리한테는 언제나 사장님이 있어!

"내가 듣고 싶은 소리는 아직 사장님만 들을 수 있어."

'츠윽'과 '크윽'은 기계의 신호음이다. 이건 누구나 귀를 기울이면 들을 수 있다.

철수가 듣고 싶은 소리는 '츠윽'과 '크윽' 사이에 존재하는 아주 미세한 규칙과 불규칙의 소리였다.

"너는 그걸 듣고 싶다는 거고."

선아가 말했다.

"그 순간을 찾아내면 사고를 막을 수 있대."

"그게 가능해?"

선아가 물었다.

철수는 가능한 계획을 세웠다. 해일의 나이가 될 때까지 해일의 옆에 있으면 된다. 수십 년이 흘러 그때가 되면 해일처럼 배가 나오고 허벅지와 팔뚝이 굵어지고 얼굴에 깊은 주름이 생기는 어른이 된다. 그만큼의 시간이 흐르면 철수도 해일을 닮아 있을 테고, 그러면 규칙과 불규칙 사이의 그 소리도 들을 수 있다.

"가능하다고 했어."

"누가?"

"사장님이."

그리고 철수는 해일이 덧붙인 말도 전했다.

"대신 사장님처럼 손가락 세 개가 잘려야 할지도 모른대."

철수가 양손을 올렸다. 철수의 오른손이 왼손의 중지를 시작으로 밑으로 내려갔다.

"이렇게."

사장인 해일의 손이 그랬다.

해일은 프레스에 눌려 손가락 세 개를 잃었다. 그래서 손가락 끝이 짧고 둥글고, 붉은색이다.

"너는?"

선아가 물었다.

철수는 쉽게 대답하지 못했다. 해일이 물었을 때도 마찬가지였다.

"너는?"

선아가 재촉했다.

"나는……"

철수는 괜찮았다.

"그게 아니라……"

하지만 그게 아닌 다른 이유를 먼저 말하고 싶

었다.

두 번의 도망이 있고 나서였다. 철수는 선아가 보고 싶었다. 선아에게 다시 아이스크림을 사 주고 싶었고, 선아와 함께 길을 걷고 싶었다. 선아와는 모든 게 처음이었다. 키스를 했고 선아의 가슴에 손을 얹었다. 그런 날에는 함께 밤을 보냈다. 철수는 선아와 함께했던 날들을 다시 찾고 싶었다. 철수도 선아처럼 학교에 가지 않았다. 학교에서 오는 연락도 받지 않았다. 얼마 지나지 않아 철수는 퇴학을 당했고, 퇴학과 동시에 퇴소를 당했다.

그제야 철수는 돈을 벌 수 있었다. 철수는 돈을 벌기 위해 가방을 챙겼다. 옷을 챙기고, 교복을 챙기고, 신발과 속옷을 가방에 넣었다. 오래전 학교 강당에서 받은 취업 전단지도 잊지 않고 챙겼다. 참 쉽다. 너한테는 이 모든 게 참 쉽다. 그렇지? 쉼터를 나올 때 선생님들이 해 준 말이었다. 철수도 그런 것 같았다. 너무 쉽게 퇴학을 당했고, 너무 쉽게 퇴소를 당했다.

"그게 아니면?"

선아가 물었다.

분명한 건 해일의 잘린 손가락과는 관계가 없다는 것이다.

퇴소를 당한 철수는 무작정 걸었다. 전단지에 나온

공장에 가기 위해 버스를 탔고, 공장에 도착해서는 무턱대고 사무실 문을 열었다. 철수는 반으로 접힌 전단지를 꺼내 해일에게 내밀었다.

이건, 내가 준 건데. 일하려면 이력서를 줘야지.

해일은 웃고 있었다.

철수는 이력서를 써 본 적이 없었다. 그걸 써야 일할 수 있어요? 철수가 물었다. 그렇긴 한데…… 해일은 철수가 들고 있던 가방을 탁자 위에 올려 주었다. 우선은 여기 앉고. 해일이 의자를 내주었지만 철수는 의자에 앉지 않았다. 이력서는 서서 써야겠네. 해일이 말했다. 빈 이력서가 철수의 가방 옆에 놓였다. 철수는 해일이 올려 둔 이력서를 가만히 내려다보았다. 이걸 써야 일할 수 있어요? 철수가 물었다.

그렇지. 해일이 고개를 끄덕였다.

철수는 이력서를 쓰지 못했다. 이걸 써야 일할 수 있어요? 철수가 다시 물었다. 해일은 이번에도 그렇다고 말했다.

"닮고 싶어."

한참을 망설이던 철수가 말했다.

"그럴 줄 알았어."

선아도 안다. 철수에게 해일이 어떤 존재인지. 그런 이유라면 철수의 노력보다 해일의 선택이 먼저였다.

"그러면 그렇게 말해. 닮고 싶다고."

선아는 그게 먼저라고 생각했다.

퇴근 후 철수가 들려주는 이야기의 대부분은 해일과 함께했던 시간들이었다. 해일과 함께 먹은 점심, 해일과 함께 마셨던 차갑거나 뜨거웠던 물, 해일과 함께 올려다본 산 너머의 구름, 해일이 알려준 기계와 기계 사이의 규칙들. 모두 해일이 존재했다.

철수는 하루에도 몇 번씩 해일에게 묻고 또 물었다. 매일 신는 작업화를 신을 때도 꼭 신어야 하는지 물었고, 장갑을 끼고 귀마개를 할 때도 해일에게 물었다.

오, 철수. 그만! 당연한 거야. 다치기 싫으면 이거 벗고, 저거 신어!

철수의 짝인 바움이 나서서 철수를 말릴 지경이었다. 이렇게까지 묻고 또 묻는 이유를 선아는 안다. 그래서 이렇게 재촉할 수도 있다.

"내일 꼭 말하는 거야."

선아가 말했다.

그러기 위해서는 해일과 함께 서 있을 장소와 시간부터 정해야 했다.

철수는 정문을 시작으로 주차장과 사무실을 지나 작업장까지의 동선을 그렸다. 모든 직원들이 출근을 하고 해일이 작업장 안에 들어서기 전, 아니면 아침 체조를 끝내고 작업화로 바꿔 신기 전, 그것도 아니면 뒷짐을 진 해일이 주차장과 사무실 앞을 서성일 때도 좋을 것 같다. 해일의 공장은 넓지 않다. 언제든 철수와 해일은 서로의 모습을 확인할 수 있다. 무심코 돌린 철수의 시선에 해일의 모습이 담길 때도 있나. 해일이 뒷짐을 지고 걸을 때나 담배를 피울 때, 밥을 먹거나 직원들과 이야기할 때. 철수는 가끔 이런 상상을 한다. 해일이 부모였다면, 해일이 선생님이었다면, 그랬다면 어땠을까? 해일이었다면 비 오는 새벽, 담장에 기대어 선 철수와 선아를 데리고 나왔을지도 모른다. 그랬다면 뛰지도 못하는 도망을 치지도 않았을 테고, 그랬다면 선아가 보호소에 가는 일도 없었을 것이다.

해일은 철수가 만난 유일한 어른이었다. 이력서를 팽개치고 밖으로 나간 철수를 해일이 다시 불러 세웠다.

거기, 너!

걸음을 멈춘 철수가 뒤를 돌아보았다.

아무것도 적지 못한 이력서를 사이에 두고 다시 철수와 해일이 마주보았다.

철수는 모든 게 서러웠다. 구겨진 교복이 창피해서

서러웠고, 다시 돌아갈 생각에 버스비가 아까워서 서러웠다. 철수가 눈물을 쏟았다.

내가 왜 불렀는지 궁금하지?

해일이 물었다.

우선 네가 궁금한 것부터 물어봐. 내가 다 말해 줄게.

철수는 이런 것들을 물었다.

일 배울 수 있어요?

배울 수 있지.

저도 할 수 있어요?

할 수 있지.

잠도 재워 줘요?

재워 주지.

밥도 줘요?

밥도 주지.

돈도 줘요?

그럼, 당연히 주지.

그러면 됐다. 철수가 묻고 싶은 전부였다.

이번에는 해일이 철수에게 물었다.

이제 내가 물어볼 거야. 너의 이름은?

"그럴게."

잠들기 전 철수의 다짐이었다.

*

선아가 잠이 들었다. 어제도 그랬다. 선아는 늘 철수보다 먼저 잠이 든다.

철수가 선아를 불렀다.

"선아야."

다시 선아를 불렀다.

"자?"

철수는 선아에게 묻고 싶은 것이 있었다.

"기억나? 내가 처음 철을 잘랐을 때."

"응."

"뭐라고 말했는지?"

철수가 물었다.

선아는 잠결에도 그날의 기억을 더듬었다.

"음……."

선아가 기억을 되살리기도 전에 철수가 서둘러 말했다.

"칼이 지나간 자리가 반짝거렸어."

선아의 기억이 되살아났다.

"맞아, 그랬어……."

선아의 말이 느리게 이어졌다.

"그리고 너는 아름답다고 말했어."

선아의 기억은 여기서 끝이었다. 고른 숨소리를 시작으로 선아의 잠이 깊어졌다.

철수는 마음이 놓였다. 선아가 기억하지 못하는 남은 하나를 떠올리기에 좋은 순간이었다.

'칼이 지나간 해일의 손가락 끝도 아름다웠어.'

나에게 필요한 밤

성태는 유난히 펄럭였다고 말했다.

유난히 길고 유난히 짙은 노란색 현수막이 바람을 따라 춤을 추었다고 말했다.

"그게 다야?"

친구들이 물었다.

물론, 그게 전부는 아니었다. 현수막 속에는 한 남자와 한 여자가 마주 앉아 있었다. 남자와 여자의 머리 위에는 반쯤 잘린 피아노가 놓여 있었고, 피아노 건반을 따라 공연 시간과 장소를 알리는 글자들이 흘러나왔다.

"그게 다였어."

그게 다였다는 성태의 말에 친구들은 도대체 알고 싶은 게 뭐냐고 되물었다.

성태는 방금 전 고가교를 넘어왔다.

마지막 배달지의 주소를 확인하기 위해 골목 한편에 탑차를 정차시켰다. 비탈길을 채 오르기 전이었다. 평소였다면 골목마다 주차된 차들로 비탈길을 끝까지 올라가야 했다. 하지만 오늘은 빌라 초입에서 방향을 틀었다.

골목은 생각보다 어두웠다.

성태는 배달지의 주소를 확인하기 위해 운전석의 전등 스위치를 올렸다. 운전석의 불빛이 주변을 밝혔다. 전봇대 밑에는 쓰레기 더미가 쌓여 있었다. 찢어진 쓰레기봉투와 깨진 술병, 낡은 프라이팬의 흠집까지, 좁은 골목의 구석구석이 빤히 들여다보였다.

성태는 다시 운전석의 불을 껐다. 어둠에 익숙해질 동안의 시간이 필요했다. 눈을 감았다 뜨는 잠깐의 시간 동안, 성태는 달빛을 느꼈고 차창 밖의 달과 눈이 마주쳤다.

성태는 서두르고 싶었다. 옆 좌석에 내려 둔 단말기를 들어 빠르게 배달지의 주소를 확인했다. 반품 접수된 목록을 훑어가며 동과 호수를 기억하기 위해 읊조렸고, 펜을 빠르게 움직여가며 반품과 수거를 알리는 문자를 보냈다.

그리고 친구들에게 전화를 걸었다.

성태는 친구들에게 방금 고가교를 넘어왔다고 말했다. 일주일 전에는 오전에 끝냈을 구역이 지금은 마지막 배달지가 됐다는 푸념도 길게 늘어놓았다. 고가교를 넘어오면서 사라졌던 달이 지금은 눈앞에 떠 있다는 말도 빼놓지 않았다.

현수막 이야기는 그다음이었다.

늘 그렇듯 오늘도 고가교를 오르기 전에 달이 떠올랐다고. 밤하늘에 떠오른 달이 오늘따라 더 붉은빛을 냈는데 너무 빨리 사라져 버렸다고. 그리고 현수막을 보았는데, 그 순간 그 소설을 떠올리게 되었다고. 하지만 머릿속에서 맴돌기만 할 뿐, 제목도 주인공의 이름도 기억나지 않는다고 말했다.

"그러니까 그걸 설명해 보라고."

친구들이 재촉했다.

성태는 친구들의 재촉에도 달과 유난히 펄럭였다는 현수막에 대한 이야기만 늘어놓았다.

"그러니까 달이, 그리고 현수막이, 바람을 타고 춤을 추듯 펄럭였어. 남자는 오늘과 똑같은 달을 올려다보았어. 그리고 밤길을 비틀거리며 걸어갔어."

친구들은 달이 떠오른 것과 현수막이, 현수막이 펄럭인 것과 달밤이, 달밤과 그 남자가 무슨 상관이 있냐고 물었다.

나에게 필요한 밤

성태는 분명 상관이 있다고 말했다. 그걸 말하려면 소설의 제목과 남자의 이름을 알아야 한다고 강조했다.

"다른 건 없어?"

친구들이 물었다.

"맞아. 그의 눈에 노란색이 있었어. 그의 손에도 노란색이 있었어."

성태는 노란색 현수막 때문인지 자꾸만 노란색이 아른거린다고 말했다.

한 친구는 어떻게 노란색이 눈에 들어갈 수 있냐고 따졌다. 어떤 친구는 병아리와 개나리를 시작으로 요즘에도 노란색 체육복이 있는지 성태에게 되물었다. 또 다른 친구는 노란색은 봄의 상징이라며 달을 노란색으로 칠한 화가가 갑자기 떠오른다고 말했다. 그러다 하나같이 나 말고는 없었냐며 따지듯 물었다.

"왜 하필 나야?"

"도와주고 싶지만, 네 설명이 부족하다는 거 알고 있지?"

"이걸 거면 다른 친구한테 전화하는 건 어때?"

성태는 그건 아니지만 그래도 너라면 알 것 같다고, 다시 한번 생각해 보라고 재촉했다.

성태가 전화를 건 친구들 사이에 공통점이 있다면

같은 고등학교를 나왔다는 것과 성태가 알고 싶은 소설을 함께 읽은 친구들이라는 것이다. 성태는 이 기억만큼은 분명하다고 친구들에게 말했다.

"그때 너는 나와 함께 있었어. 그리고 너는 이런 말도 했었어."

"……"

친구들이 잠시 멈칫거렸다.

설마? 내가? 정말? 이렇게 되묻고 나서는 성태가 기억하는 자신의 말을 듣기 위해 침을 꿀꺽 삼켰다.

"너는 그가 바보 같다고 말했어."

"그가 어리석다고 말한 너는, 그를 그렇게 만든 건 세상이라고 말했다가, 세상이 아닌 것도 같은데 그게 뭔지는 모르겠다고 말했어."

"그가 용기 있는 사람이라고 말한 너는, 그래서 그가 꿈을 꾸는 거라고 말했어."

친구들은 자신이 했던 말을 기억하지 못했지만 이번에는 관심을 보이기 시작했다.

"설마, 내가 그런 말을……?"

"내가 정말 그런 말을 했다고?"

"정말 내가 그런 말을 했을까?"

성태는 어두운 차 안에서 고개까지 끄덕이며 말했다.

"분명히 그랬어."

친구들은 그런 시절이 나한테 있었는지 전혀 기억이 나지 않지만, 바보 같은 그가, 어리석은 그가, 그럼에도 용기 있었던 그가 궁금해진다고 말했다.

"그런 너는 뭐라고 말했어?"

모두 성태에게 같은 질문을 했다.

"나는, 듣고 있었어."

친구들이 웃었다.

그게 문제라고 듣고만 있었으니 제일 중요한 소설의 제목도, 남자 주인공의 이름도 기억나지 않는 거라고 말했다.

성태는 그럴지도 모른다고 생각했다가 그러면 너는 왜 기억하지 못하냐고 되물었다.

친구들은 망설임 없이 그건 당연한 거라고 말했다.

"당연하지. 지금은 바보 같다고 말한 그가 생각나지 않기 때문이야."

"어리석다고 말한 그와, 그를 그렇게 만든 세상을 이제는 잊었기 때문이야."

"용기 있다던 그와, 그가 꾸었던 꿈을 이제는 나도 잊었기 때문이야."

그러니 그를 기억해 낼 수 있는 건 여전히 기억하고 있는 너뿐이라고, 친구들이 말했다.

"나뿐이라고?"

성태는 그럴지도 모른다는 생각이 들었지만 내 기억 속에 남아 있는 건 여전히 너의 말이라고 말했다.

"너는 그때 그가 바보라서 용기가 있는 거라고 말했어."

"너는 그때 그가 어리석기 때문에 외로워 보인다고 말했어."

"너는 그때 어리석고 외롭지만, 그에게 있는 용기가 그를 꿈꾸게 할 거라고 말했어."

성태는 이런 말을 했던 너이기에, 나와 달리 너는 기억할 수 있다고 강조했다.

휴대전화 너머로 머뭇거리는 친구들의 숨소리가 들렸다.

친구들은 성태의 말이 온전히 맞는 것도 같았고, 성태의 말을 듣고 있자니 처음과 달리 그를 기억해 내고 싶어졌다. 하지만 거기서 끝이었다. 모두 잠깐의 생각을 끝내고 왜 하필 나인지, 왜 하필 지금인지를 되물었다.

"그런데 왜 지금이야? 왜 지금 그걸 기억해야 하는 거야?"

"왜 내가 소설의 제목과 주인공의 이름을 기억해야 하는 거야?"

"왜 하필이면 달이 뜬 이 밤에 그를 기억해야 하는 거야?"

*

 고가교를 오르기 위해 청신호를 기다릴 때였다. 성태의 시선이 왼쪽으로 향했다. 반대편 차선에도 신호를 기다리는 차량들이 길게 이어졌다. 어제와 다를 건 없었다. 차량의 헤드라이트 불빛, 횡단보도에 선 사람들, 휴대전화를 들여다보거나, 길게 늘어뜨린 개의 목줄, 불 밝힌 간판과 사방으로 번지는 쇼핑몰의 불빛까지, 익숙한 밤의 전경이 펼쳐졌다.

 다른 게 있다면 바람에 펄럭이고 있는 현수막이었다. 4차선 도로의 가로등을 따라 줄줄이 매달려 있는 노란색의 현수막이 성태가 오르는 도로와 반대편 차도의 가로등에 매달려 쉼 없이 펄럭이고 있었다.

 성태는 고가교를 오르기 위해 교차로를 따라 우회전을 했다. 깜빡이를 켜고 교차로의 청신호를 기다리며 현수막에 인쇄된 사진과 글자를 유심히 들여다보았다.

 현수막 속에는 남자와 여자가 마주 앉아 있었다. 둘 사이에는 반쯤 잘린 피아노가 있었고, 피아노 건

반을 따라 흘러나온 검은색과 흰색의 글자들 사이에 '당신에게 필요한 낭만적 하루'가 또렷이 박혀 있었다.

당신에게 필요한 낭만적 하루

방금 전까지 성태는 배가 고팠다. 목이 말랐고 등이 간질거렸고 화장실을 가야겠다는 생각과 기지개를 켜고 싶다는 생각이 한꺼번에 밀려왔다. 한마디로 성태는 쉬고 싶었다. 핸들에서 손을 뗀 성태는 기지개를 켰다. 만세를 부르듯 양팔을 올리며 차창 밖을 보았다. 여전히 가로등 불빛을 받은 현수막이 펄럭이고 있었다.

성태가 자신의 하루에 대해서 생각한 건 그때였다. 성태의 오늘 하루는 어제와 같았다.

아침 일찍 고가교 아래를 지나쳤고, 첫 번째 배달지인 산업 단지를 시작으로 몇 번이고 고가교 아래를 지나쳤다.

산업 단지는 성태가 처음으로 맡은 전담 구역이었다. 새로 조성된 산업 단지라 길이 빈듯하고 주차 공간도 넓어 누구나 전담으로 맡고 싶어 하는 구역이었다. 동료들은 시작이 좋다고 했다. 이런 전담 구역이 한두 군데만 있어도 택배 운송이야말로 꿈의 직장이라며 성태의 출발을 부러워했다. 그래서 웬만하면 고가교 너머의 빌라촌을 넘기라고 제안했다. 공짜는 아니었다. 동료들은 밥을 살 수도, 언제고 성태의 부탁을 들어줄 수도, 섭섭하지 않게 돈을 줄 수도 있다고 말했다.

성태는 단호하게 동료들의 제안을 거절했다.

"꿈도 꾸지 마세요!"

성태의 이 말은 나의 꿈을 빼앗지 마세요, 와 같았다.

예전의 성태는 꿈을 꾸지 않았다. 성태에게 꿈은 어려웠고, 어려웠기에 꿈이 무엇인지 알려고 들지 않았다. 그랬던 성태가 꿈을 꾸기 시작했다.

"이건 제 꿈입니다."

꿈이라는 성태의 말에 동료들은 웃지 않을 수가 없었다.

시시한 놈, 고작 꿈이 이거라니, 앞날이 미약한 놈, 같은 말을 조용히 주고받았다.

성태는 상관하지 않았다. 나에게도 꿈이 생겼다고 늘 씩씩하게 말했다.

나의 꿈은 산업 단지에 이어 고가교 너머의 아파트 단지까지 자신의 전담 구역이 되는 거라고. 그렇게만 된다면 더 이상 좁은 골목을 비집고 다니지 않아도 되고, 주차를 위해 같은 자리를 몇 번이고 맴돌거나 무거운 상자를 이고지고 계단을 오르지 않아도 된다고. 그래서 지금은 저렇게 보여도 재개발을 앞둔 고가교 너머의 빌라촌은 절대 포기할 수 없다고.

이랬던 성태의 꿈에 얼마 전부터 문제가 생겼다.

어느 날, 산업 단지의 배달을 마치고 고가교를 넘을 때였다.

성태는 고가교의 좁은 도로 위에서 역주행으로 다가오는 한 무리의 사람들과 마주쳤다. 그들은 자전거를 몰고 있었다.

성태는 창문을 열고 소리쳤다.

"역주행이라니! 여기는 인도가 아니라고요!"

성태의 손이 허공에 크게, 크게, 엑스 자를 그었다.

하지만 무리 지은 사람들은 아랑곳하지 않았다. 검은색 선글라스를 낀 채, 미소를 지으며 자전거를 끌고 다가왔다.

당장 성태가 해야 할 일은 1톤 탑차의 앞바퀴와 뒷바퀴를 이리저리 움직여 가며 길을 만드는 일이었다. 모든 차들이 그랬다. 처음에는 창문을 열었고, 한 손을 내밀며 삿대질을 했지만, 그뿐이었다. 하나둘, 경적을 멈춘 운전자들은 벌겋게 달아오른 얼굴로 핸들을 돌려 가며 길을 내주었다.

성태는 그날의 일을 동료들 앞에서 하소연했다. 분명, 미쳤거나 죽고 싶거나, 둘 중 하나인 사람들이라고 말했다. 그러다 다치면 어떻게 되는 거냐고, 인명 사고는 벌점이 있는 거 아니냐고, 이런 일은 어디에 신고를 해야 하냐며 열을 올렸다.

동료들은 성태와 같은 분노 대신, 이런 말을 했다.

"꿈을 이루기 위해서는 그 정도쯤은 뚫고 나가야지!"

"어느 도로에나 그런 사람들이 있게 마련이야. 꿈인데, 그것도 몰랐단 말이야."

"잘 배워 둬. 꿈 앞에 이런 시련쯤이야."

성태는 화가 났다.

"그게 말이 돼요?"

동료들은 말이 안 될 건 또 뭐가 있냐고, 말이 안 된다고 생각하면 고가교 너머의 구역을 넘기면 되는 거 아니냐며 어깨를 으쓱거렸다.

성태는 가슴이 답답했다. 이런 것이 폭력이라고 생각했다. 길을 막아서는 것들, 귀를 닫아 버려 가슴을 치게 하는 것들, 얼굴이 붉어지고, 꿈을 돌아보게 하고, 꿈을 포기하게 하는 것들.

언제부터인가 성태는 이런 사람들과 마주할 때면

배꼽 아래가 아파왔다. 뻐근하고 찌릿하고 묵직한 통증이었다. 배꼽을 지나 등줄기를 타고 올라온 통증은 성태의 얼굴을 붉게 만들었다. 감추고 싶었지만 쉽지 않았다.

어느 날은 그들과 마주치지 않았다. 다행이라고 생각했다가, 당연한 것을 다행으로 여겨야 하는 순간도 폭력이라고 생각했다.

어떤 날은 또다시 벌레처럼 스멀스멀 고가교를 역주행으로 올라오는 그들과 마주쳤다. 성태는 얼굴을 붉혔다. 그뿐이었다. 차창을 열고 소리치는 대신, 핸들을 이리저리 돌려가며 그들에게 길을 내주고 있었다.

이제 다른 방법이 필요했다.

*

성태가 찾은 방법은 배달 시간을 변경하는 일이었다. 고가교 너머의 시간을 낮이 아닌 밤으로 옮겼고, 이른 아침 산업 단지를 시작으로 고가교 아래부터 배달을 했다.

성태는 고가교 아래를 지날 때면 습관적으로 위를 올려다보곤 했다. 위를 보았지만, 보이는 건 고가교의 숨겨진 밑바닥이었다. 밑은 늘 그렇듯이 어둡고, 차갑고, 축축한 곳이었다.

성태가 보고 싶은 건 고가교 위에서 바라보는 세상이었다.

며칠 전까지만 해도 성태는 아침 햇살을 받으며 고가교를 넘었다. 눈부신 아침 햇살 사이로 성태의 눈앞에 완공을 앞둔 아파트 단지가 펼쳐졌다. 성태는 실눈을 떠 가며 시선을 고정했고, 머지않을 어떤 날의 모습을 상상했다. 단지를 누비고 있을 탑차와 탑차 안에 켜켜이 쌓였을 크고 작은 상자와 하나씩 꺼낸 상자를 이동 카트에 싣고 가볍게 밀고 나가는 뒷모습은 어렵지 않은 상상이었다.

하지만 고가교를 넘어가는 시간이 바뀐 뒤로는 볼 수 없는 모습이었다. 어둠 속에서 바라보는 아파트 단지는 희뿌연 연기 같았다. 대신, 실눈을 뜨게 했던 아침 햇살이 성태의 등 뒤에서 빛을 냈다.

이른 아침이면 성태는 고가교를 받치고 있는 교각 사이를 통과했다. 신호 대기에 걸렸을 때도, 직진을 하고 있을 때도, 성태는 고개를 들어 위를 보았다. 위에는 육중한 다리를 지탱하고 있는 교각의 어둡고 축축한 밑면이 있었다.

그곳에는 비둘기가 살았다. 교각의 틈새에서 꾸벅

꾸벅 졸고 있는 비둘기 떼였다. 비둘기들은 교각 사이에 알을 낳았고, 그 알을 품었다.

성태는 빠르게 눈을 감았다.

이런 날도 있었다. 잠에서 깬 비둘기 한 마리가 두 다리를 뻗댄 채 어설프게 U 자를 그리며 날아들었다. 성태는 저도 모르게 몸을 움찔거렸다. 비둘기의 발바닥은 붉은색이었고. 타다 만 붉은색의 재가 차창에 떨어지는 것 같았다.

성태의 얼굴이 붉어졌다.

성태는 차갑고, 어둡고, 축축한 저곳이 낯설지 않았다. 그곳에 웅크린 채 잠들어 있는 비둘기 떼도 낯설지 않았다.

*

성태는 편의점에서 아르바이트를 한 적이 있다. 고등학교를 졸업하던 해였다. 고등학교를 졸업하자, 대학생이 된 누군가에게 아르바이트 자리를 넘겨주었다. 대학생이 되고 싶던 순간이었다. 그 이후로도 성태는 많은 일을 했다. 닭을 튀겼고, 생선의 비늘을 긁어내고 토막을 쳤다. 대형마트에서는 뱀의 꼬리처럼 이어진 카트를 운반했고, 식당에서도 일했다.

어느 날이었다. 식당에서 음식을 날랐다. 성태가 맡은 일 중 하나였다. 평소처럼 테이블 위에 음식을 내려놓으며 고개를 숙였다. 자연스러운 동작이었다. 고개를 숙이는 건 손에 든 접시를 내리기 위해 팔을 뻗은 후 이어지는 수순이었다. 그 순간이었다. 그러니까 팔을 뻗고 고개를 숙이는 순간, 음식 위로 머리카락이 떨어졌다. 깨와 참기름이 그림처럼 뿌려진 크림색의 흰 죽이었다. 그 위로 성태의 머리카락 한 가닥이 실금처럼 내려앉았다.

그날, 성태는 머리에서 발끝까지 사람들의 손가락질을 받았다. 다른 일을 찾아야 했지만, 다시 기름이 펄펄 끓고 있는 통 속에 닭을 집어넣고 싶지는 않았다. 생선의 비늘을 벗기고 머리를 시작으로 꼬리까지 토막을 치고 싶지도 않았다.

성태는 다시 거리로 나왔다. 새로운 일을 찾는 건 쉽지 않았다. 모든 감각을 동원해 칼을 쓰지 않아도 되고, 머리카락이 떨어져도 손가락질을 받지 않는 일을 찾아야 했다.

성태가 찾은 일은 작업복을 입고 얼굴을 칭칭 감은 방독마스크를 쓰는 일이었다.

"이 작업복이 너의 몸을, 방독마스크가 너의 숨통을 지켜 줄 거야."

성태에게 옷을 건넨 사람이 만세를 부르며 말했다.

"나처럼 이렇게 해 봐."

만세를 부른 사람 뒤로, 똑같이 만세를 부르며 서 있는 사람들이 보였다. 성태도 작업복과 방독마스크를 쓴 채로 만세를 불렀다.

하지만 누구도 마스크 사이로 가스가 스며들 수 있다는 얘기는 해 주지 않았다. 성태는 누구도 알려 주지 않은 그 사실 때문에 기절을 한 적이 있다. 사람들은 성태가 변변치 못하고 부실한 탓이라고 수군거렸다. 성태가 밖으로 나와야 했던 또 다른 이유였다.

또다시 새로운 일을 찾는 건 쉽지 않았다. 다행히 성태에게는 아직 친구들이 있었다.

"여기야, 여기."

친구들이 두 손을 번쩍 들었다.

친구들이 한자리에 모였다. 그 자리에는 대학교에 다니는 친구와 방학을 맞아 여행을 떠났다는 친구의 뒷얘기와 여행에서 돌아와 아직 흥분이 가시지 않은 친구들이 섞여 있었다.

"어지러울 정도로 넓은 게 세상이야. 너무 넓어서 나의 존재가 먼지만큼 작아지지. 무의미하다는 건 아니야. 그만큼 세상이 넓다는 말이야."

친구가 말했다.

성태는 그 정도는 여행을 떠나지 않아도 알 수 있는 거라고 말했다.

"어째서?"

친구들이 물었다.

"내가 생각할 때 여행은 일과 같아."

성태가 말했다.

"잘 들어 봐. 어지러울 정도로 많은 게 일이야. 너무 많아서 나의 존재가 연기처럼 작게 느껴지지. 무의하다는 건 아니야. 그만큼 세상에는 할 일이 많다는 말이야."

친구들은 성태의 말이 맞는 것도 같고, 아닌 것도 같다며 고개를 갸웃거렸다. 그러면 요즘에는 무슨 일을 하고 있냐고 물었다. 성태는 새로운 일을 찾고 있다고 말했다.

"새로운 일?"

친구들이 물었다.

성태는 고개를 끄덕였다. 새로운 일을 찾기 위해 오늘도 하루 종일 걸어 다녔지만, 일을 찾지 못했다고 말했다.

친구들은 여전히 여행을 권했다. 세상은 넓다고, 세상 밖으로 나가면 양팔을 활짝 펼 수 있을 거라고 했다.

성태는 친구들과 헤어지고 싶었다. 친구들의 꿈이 자신보다 더 높은 곳에 있는 것 같았다. 성태는 스스로를 보호해야 했다.

밖으로 나오자 하늘에는 해가 지고 있었다. 금세 사라지는 해였다.

성태는 많은 것을 후회했다. 친구들에게 여행과 일이 같다고 말한 것을 후회했고, 새로운 일을 찾고 있다는 것과 하루 종일 걸었다는 말도 후회했다. 그러니까 그날, 성태는 친구들과 함께했던 시간을 통째로 후회하고 있었다.

그래서 그날 밤, 성태는 휘청거리며 밤길을 걸었다.

*

성태에게 오늘 하루는 많은 것이 똑같았고, 많은 것이 달랐다.

평소와 같은 시간에 집을 나왔고, 늘 걷던 길을 걸으며 공용주차장으로 들어섰다. 걷는 동안 열쇠를 흔드는 것도 어제와 같았다. 주차장을 지키고 있는 덩치 큰 개가 '컹' 하고 짖는 것도 다르지 않았다. 다른 게 있다면 기억나지 않는 열쇠 꾸러미의 무게와 촉감과 유난히 뜨겁던 아침의 햇살이었다.

고가교 아래를 지날 때도 마찬가지였다. 고가교를 앞두고 양방향의 신호를 눈여겨보았고, 교각을 올려다보며 어제처럼 다닥다닥 붙은 채, 졸고 있는 비둘기 떼를 보았다.

문득, 잠에서 깬 비둘기 한 마리가 튀어나와 하늘 높이 치솟아 오른 것도 어제와 다를 바 없었다. 한 마리를 시작으로 다른 비둘기들이 후두두, 날아올랐다. 성태의 시선은 매번 비둘기의 뒤를 쫓았다. 교각을 빠져나온 비둘기는 고가교 너머의 허공을 가로지르며 멀리 날아갔다.

밤이 오기까지, 성태는 고가교 아래를 세 번이나 왕복했다.

산업 단지의 배달을 위해 오전에 한 번, 다시 고가교 아래를 지나쳐 상가가 밀집한 구역을 향해 또 한 번. 상가의 짐을 배달하고 마지막으로 또 한 번 고가교 아래를 지나쳐 산을 끼고 크게 한 바퀴를 돌아 드문드문 이어진 집과 가게와 공장까지, 모두 세 번이었다. 그러고 나면 해가 졌다. 성태는 해가 지고 나서야, 이제까지의 배달을 마치고 고가교를 넘기 위해 차를 몰았다.

*

밤이 오고 있었다. 밤이라서 눈여겨보지 않았을지도 모른다. 오늘이 아닐지도, 어제이거나 아니면 며칠 전이었을지도 모른다. 하지만 전의 기억 속에 현수막은 없었다. 성태는 다시 어제를 떠올렸고, 그 전날을 떠올리며 차의 속력을 줄였다.

"빠아앙!"

뒤차의 경적이 크게 울렸다.

성태는 여전히 속력을 높이지 않았다. 천천히 고가교를 오르며 노란색 현수막에 적힌 글자를 쳐다보았다.

당신에게 필요한 낭만적 하루

성태는 친구들에게 '당신에게 필요한 낭만적 하루'에 대해서는 말하지 않았다. 마땅한 자리를 골라 차를 세우고 운전석의 불을 켰을 때, 골목 구석구석에 많은 쓰레기가 쌓여 있다는 말도 하지 않았다. 성태는 비둘기 이야기도 하지 않았다. 어둡고 차갑고 축축한 교각의 틈새에 비둘기들이 알을 낳고, 알을 품고 살아간다는 이야기도 하지 않았다.

대신 눈앞에 달이 떠 있다고 말했다. 고가교를 넘어

오는 짧은 시간 동안 달을 놓치지 않으려고 애를 썼는데, 사라져 버린 달이 지금은 눈앞에 떠 있다고 말했다.

현수막에 대한 이야기는 달 이야기 다음이었다.

성태는 유난히 펄럭이는 노란색의 현수막이 교차로를 비추는 가로등에 매달려 있다고 말했다. 그게 다냐고 묻는 친구들에게 성태는 그렇다고 대답했다. 성태가 친구들에게 들려준 이야기 속에는 달과 현수막과 남자가 있었다.

성태는 고가교를 오르며 보았던 달과 유난히 펄럭였던 현수막과 어두운 밤길을 비틀거리며 걸었던 한 남자에 대한 이야기를 들려주었다.

친구들은 달과 현수막이, 현수막과 남자가 무슨 상관이 있냐고 물었다.

"둘, 아니 셋 사이에 공통점이 있어?"

"이 셋 사이에 또 다른 이야기는 없어?"

"그 셋은 함께 있어야 하는 거야?"

잠시 생각을 하던 성태는 노란색을 떠올렸다. 마치 남자가 노란색이라도 되는 것처럼 그의 손에, 그의 눈에 노란색이 담겨 있었다고 말했다.

"노란색이 눈에?"

"병아리도, 개나리도 아니고. 요즘에도 노란색 체육

복이 있나?"

"노란색으로 달을 칠한 화가가 누구였더라?"

친구들의 노란색은 여기서 끝이었다. 더 이상 노란색은 생각하려 들지 않았다. 대신, 성태와의 전화를 끝내기 위해, 왜 하필 나인지 모르겠다고, 도와주고 싶어도 너의 설명이 부족하다고, 다른 친구에게 전화를 거는 건 어떻게 생각하냐고 물었다.

성태는 친구들이 전화를 끊으려 할 때마다 함께 책을 읽던 그날, 네가 했던 말이 떠오른다며 뜸을 들였다. 친구들은 전화를 끊는 대신 성태가 들려주는 오래전 그날의 이야기를 듣기 위해 다시 귀를 기울였다.

너는 그가 바보 같다고 말했어. 그가 어리석다고 말한 너는 그를 그렇게 만든 건 세상이라고 말했다가, 세상이 아닌 것도 같은데 그게 뭔지 모르겠다고 말했어. 너는 그가 용기 있는 사람이라고 말했고, 그래서 그는 계속해서 꿈을 꿀 거라고 말했어.

다시 통화가 이어졌다.

친구들은 자신들의 말을 믿지 않았다. 목소리를 높여 가며 설마? 내가? 정말? 이라고 되물었다. 성태는 분명 그랬다고, 자신 있게 말했다.

친구들은 오래전에 했던 말은 기억하면서 왜 제목과 남자의 이름은 기억하지 못하냐고 물었다. 성태는 그날 내가 기억하는 건 네가 했던 말뿐이라며 나와 달리 너는 기억할 수 있다고 강조했다.

"잘 생각해 봐. 그리고 잘 들어 봐. 너는 그때 말이지. 그가 바보라서 용기 있는 사람이라고 말했어."

"너는 그때 그가 어리석기 때문에 외로운 사람이라고 말했어."

"너는 그때 그가 어리석고 외롭지만 그에게 있는 용기가 그를 다시 꿈꾸게 할 거라고 말했어."

휴대전화 너머로 친구들의 숨소리가 전해졌다. 잠시 머뭇거리던 친구들이 이번에는 소설의 존재에 대해서 물었다.

"그런데, 그런 소설이 있기는 한 거야?"

"정말 소설이 있기는 한 거지?"

"확실히 그런 소설이 있는 거지?"

성태는 당연하다고, 분명 존재한다고 자신 있게 말했다.

성태의 자신감에 한 친구는 한숨을 내쉬었다. 또 다른 친구는 나도 기억하고 싶지만 떠오르지 않아 이제는 슬프기까지 하다고 말했다. 나머지 친구는 아무래도 오늘은 떠오르지 않을 것 같다며 내일이라도 떠오르면 당장 전화를 주겠다고 말했다.

그리고 마지막에는 모두가 이렇게 물었다.

"그런데 왜 지금이야?"

"왜 소설의 제목과 주인공의 이름을 지금 기억해야 하는 거야?"

"왜 하필 달이 뜬 이 밤에 그를 말해야 하는 거야?"

*

여전히 둥근달이었다.

친구들은 성태의 대답을 기다렸다.

"그건 말이지……."

성태는 창밖의 여전한 달을 올려다보았다.

크고 희고 환한 달이었다.

나에게 필요한 낭만적인 하루라고 성태는 생각했다.

"그러니까 그건 말이지……."

성태는 달빛 아래에 서 있으면 알게 된다고 말했다.

어느 날 달빛 아래를 비틀거리며 걸어간다면 그 이유를 알게 된다고 말했다.

안녕 키티

몇 달째 똑같은 말이 들려온다.

"돈이 필요해. 에첵이 죽을지도 몰라."

그 돈을 칸이 책임지고 있다. 하지만 당장에 보내 줄 돈이 칸에게는 없다.

기다려, 라는 말 대신 칸은 창고 안의 모습을 전했다.

"넓어. 아주 넓어. 물론 내 방이 넓다는 건 아니야. 많아. 아주 많아. 물론 내 돈이 많다는 건 아니야."

계속되는 칸의 대답에도 키티는 같은 말을 되풀이했다.

"돈이 필요해. 나의 아버지 에첵이 죽을지도 몰라."

이제 키티가 듣고 싶은 대답을 해 줄 치례였다.

"기다려. 창고 안에 쌓인 이 많은 것들이 곧 돈이 될 거야."

칸의 대답에 그제야 키티가 전화를 끊었다.

*

죽을지도 모른다는 에첵의 병이 있기 전에도 키티는 매일같이 칸에게 전화를 걸었다.

보고 싶다거나 사랑해, 라는 말이 오간 적도 있었지만 얼마 지나지 않아 둘 사이에는 그리움이 아닌 거짓말이 오고 갔다.

언제부터 시작된 거짓말인지는 중요하지 않았다. 어차피 에첵이 죽고 사는 건 그다음 문제였고, 에첵이 죽고 난 후에는 또 다른 죽음이 칸에게 전해질 터였다.

칸은 꿈을 꾸고 싶었다. 그래서 여전히 꿈을 꾸고 있는 사장의 말을 온전히 키티에게 돌려주었다.

'기다려. 창고 안에 쌓인 이 많은 것들이 곧 돈이 될 거야.'

창고 안에 많은 상자들이 쌓여 가는 동안 두 달이 흘렀다.

칸은 두 달 동안 하루도 쉬지 못했다. 상자를 실은 컨테이너 차량이 일주일에 두 대씩 들어왔고, 상자를 싣고 가는 작은 트럭들은 하루에도 몇 번씩 수시로 드나들었다.

쌓는 게 아니라 보관에 가까운 일이라던 사장의 말과 달리 보관을 위해서는 쌓는 작업이 먼저였다. 우선 상자의 겉면에 붙은 스티커를 색깔별로 분류해야 했다.

칸은 창고 안의 끝과 끝에 빨간색과 파란색 스티커가 붙은 상자를 놓았다. 중간에는 분홍색 스티커가 붙은 상자를 놓았고, 모양과 크기가 제각각인 상자가 쓰러지지 않도록 균형을 맞춰가며 차곡차곡 쌓아 올렸다.

소리도 달랐다. 어떤 상자는 솜뭉치가 들어 있는 것처럼 고요했고, 어떤 상자는 조금만 기울여도 덜커덕거리는 둔탁한 소리가 났다.

사장은 상자를 흔들어 대는 칸에게 그 안에 돈이 들어 있다고 말했다.

"정말요?"

거짓말인 줄 알면서도 칸은 사장의 말을 믿고 싶었다. 사장의 말대로 상자에 돈이 들어 있다면 제일 크고 제일 무거운 상자를 들고 도망을 쳐야겠다는 생각을 했다.

그때는 그랬다. 그때는 지금의 불면증이 없었고, 창

고 앞에서 비장한 표정을 짓던 사장의 얼굴을 바라보며 웃을 수도 있었다.

"너만 믿는다, 칸."

그날도 칸은 사장의 말에 습관처럼 주먹을 불끈 쥐었다.

창고에 오기 전부터 사장은 무슨 일이 생기면 제일 먼저 칸을 불렀다.

"칸! 어디 있어? 칸!"

그때마다 칸은 불똥이 사방으로 튀는 작업 중에도 사장을 향해 저벅저벅 걸어갔다.

이번에도 마찬가지였다. 사장의 말 한마디에 칸은 춤까지 추어 가며 상자를 쌓았고, 사장은 창고에 쌓이는 상자가 모두 돈이 될 거라는 말로 장단을 맞췄다.

사장은 또 한 번의 재기를 꿈꿨다. 그러기 위해서는 돈이 필요했고, 칸도 사장만큼 돈을 기다렸다.

그러니까 젖으면 안 돼. 젖을 바에는 차라리 잃어버려, 를 하루에도 몇 번씩 강조하는 사장이었다. 그러다 뜬금없이 이런 말을 하곤 했다.

"너는 내가 무너진 것 같지?"

"……."

칸은 아무 말도 하지 않았다.

칸에게 사장은 언제나 사장이었다. 실패에 실패가 더해진다고 해서 사장이, 사장이 아닌 다른 무엇이 될 수는 없었다.

사장이 다시 물었다.

"그러는 너는, 네가 성공할 것 같냐?"

사장의 눈빛이 달라졌다.

오 년 전, 야시장에서였다. 칸은 그곳에서 처음 사장을 만났다.

불법노동자가 되어 거리를 떠돌던 그해 겨울. 낡은 드럼통 안에는 장작불이 활활 타오르고 있었다. 이른 새벽이었고, 잔뜩 몸을 움츠린 사람들 사이에 칸이 있었다.

칸은 누군가와 눈이 마주치면, 온몸에 잔뜩 힘을 주었다. 일을 해야 했고, 일을 하고 싶었다. 시간이 지나자 하나둘, 사람들이 흩어졌다. 일을 찾아 떠나는 사람과 일할 사람을 찾기 위해 차에서 내리는 사람들이 뒤섞였다. 그 틈에 지금의 사장이 있었다. 사장은 사람들 사이를 헤치고 디가와 칸의 손을 잡았다.

"일하러 왔지?"

사장이 물었다.

칸이 고개를 끄덕였다. 사장도 고개를 끄덕였다.

사장의 손에 이끌려 사람들 사이를 빠져나오고, 차에 오를 때까지의 몇 걸음. 그날, 사장의 손은 크고 따뜻했다.

사장과 함께 도착한 공장에서는 장작불보다 더 뜨거운 불꽃이 사방으로 튀고 있었다.

칸은 불꽃을 피하기 위해 이리저리 뛰어다녔다.

"정신 차려!"

누군가 소리쳤다.

여기는 일 년 내내 불꽃이 사방으로 튀는 곳이라고, 너처럼 불꽃들이 펄쩍펄쩍 뛰어다니는 곳이라고, 그런데 같이 뛰면 어떡하냐고 호통을 쳤다.

호통 소리에도 칸은 며칠 동안 불꽃을 피해 이리저리 도망을 다녔다.

"안 죽어. 안 죽어."

동료들이 칸을 놀려 댔다.

"알아요. 알아요. 난 안 죽어요. 난 이제 살 것 같아요."

이런 말을 노래처럼 흥얼거리던 칸이었다.

칸은 그곳이 좋았다. 뜨거워도 그곳에서는 밖을 볼 수 있었다.

어떤 날에는 눈을, 어떤 날에는 비를. 눈이 쌓이고,

빗물이 튕기고, 돌 틈에서 풀이 돋는 모든 순간들을 그곳에서는 동료들과 함께 볼 수 있었다.

시끄러워도 좋았다. 철이 잘리고, 잘린 철을 다시 이어 붙일 때마다 굉음이 퍼져도, 사람들이 있었다. 밥을 먹을 때도, 술을 마실 때도, 술에 취해 비틀거릴 때도 칸의 옆에는 사람들이 있었다.

언제부터인가 칸은 동료들에게 키티와의 사랑을 고백하듯 털어놓았다.

"그들이 너를 알아."

칸이 키티에게 말했다.

"그들이 너의 이름도 알아. 나의 사랑, 키티."

"좋아?"

키티가 물었다.

"좋아."

"내가 없는데도?"

"그래도 좋은 건 좋은 거야."

"내가 없어도 너한테는 거기가 천국이구나."

한 해가 지나고 또 한 해가 지나고, 또 한 해가 지났을 때였다.

사장이 공장을 비우기 시작했다. 철근 가격이 오르자 일감이 떨어지고, 거래처는 부도가 났다. 임금이

밀렸고, 사라진 외상값을 받기 위해, 떨어진 일감을 찾기 위해 사장이 며칠씩 사라졌다.

며칠 만에 돌아온 사장은 기계를 팔아 가며 떠나는 인부들의 밀린 임금을 정리했다. 다른 공장의 사장들도 사정은 마찬가지였다. 그들은 더 늦기 전에 헐값에라도 공장을 팔아야 한다며 사장을 설득했다. 하지만 사장은 다른 사람들 무리에 끼지 않았다. 새로운 일감을 찾아오겠다며 다시 공장을 비웠다.

"아마도 죽고 싶을걸."

공장 안의 인부들이 내린 결론이었다.

"누가요?"

"너도, 나도 아니면, 도대체 누구겠냐?"

인부들이 칸에게 되물었다.

"누가요?"

칸은 같은 말을 되풀이했다.

"멍청한 녀석, 알면서."

그때부터 칸은 멍청한 녀석으로 통했다.

"사장이 너보다 더 가난해. 모르겠어? 이 멍청한 녀석아. 사장은 망했다고!"

인부들은 망한 사장을 기다리지 않았다. 밀린 임금을 대신할 공장의 기계를 챙겨 들고, 도망치듯 공장을 빠져나갔다.

칸이 앞을 막아섰다.

"사장님을 기다려야 해요."

인부들이 콧방귀를 뀌었다.

"얘, 아직도 꿈꾸고 있네."

누군가 칸을 향해 쏘아붙였다.

기계를 챙기지 못한 인부들은 바닥에 뒹구는 쇠붙이와 쇳가루를 자루에 담았다.

"제기랄!"

누군가 바닥에 침을 뱉었다. 침 위에 또 다른 침이 번졌다.

그때마다 칸은 쪼그려 앉아 침을 닦았다.

"이봐, 칸!"

마지막까지 쇳가루를 챙겨 담던 인부가 말했다.

"사장이 와도 소용없어. 이제 네가 사장보다 더 부자라고. 우리가 더 부자야. 그러니까, 도망쳐. 도망칠 수 있을 때, 도망쳐."

하지만 칸은 사장을 기다렸다.

하루는 받지 못한 돈을 받으러 갔을 거라고, 또 하루는 그 돈을 갖고 오는 중일 거라고, 또 하루는 새로운 일을 찾는 중이고, 또 하루는 그 일을 챙겨서 오는 중일 거라고 믿었다.

그때, 그랬다면 어땠을까? 그때, 다른 인부들과 함께 도망을 갔다면 어땠을까?

창고에 온 뒤로 칸은 그때, 그 순간이 자꾸만 떠올랐다.

칸의 바람대로 사장이 다시 돌아왔을 때, 사장은 표정도 눈빛도 예전의 모습이 아니었다.

"죽으려고 했었다."

공장 바닥에 풀썩 주저앉으며 사장이 말했다.

그리고 텅 빈 공장 안을 둘러보며 쓴웃음을 지었다.

사장은 칸에게 아무것도 묻지 않았다. 인부들이 어떻게 공장을 떠났는지, 떠날 때 무슨 말을 했는지, 너는 왜 떠나지 않았는지 같은, 칸이 사장을 기다리면서 준비했던 말들을 사장은 하나도 묻지 않았다. 칸도 사장에게 묻지 않았다.

사장은 인부들이 지냈던 숙소에서 하루 종일 잠을 잤다. 깨어 있을 때도 시체처럼 반듯하게 누운 채로 천장을 올려다보며 한숨을 쉬거나 뒤척거렸다.

다행히 사장은 죽지 않았다. 자리에서 일어나면 밖으로 나가 이쪽과 저쪽의 먼 산을 한참 동안 바라보았다.

"사장님, 또 먼 산 봐요?"

칸이 물었다.

사장의 시선이 머무는 어디께로 칸의 시선이 머물렀다.

"사장님, 깜깜해요."

밝은 대낮에도, 깜깜한 밤에도, 칸은 모두 깜깜하다고 말했다.

그러면 사장은 양손으로 얼굴을 쓸어내렸다. 사장의 얼굴에서 마른 잎이 쓸리는 버석한 소리가 났다.

사장의 손은 유난히 컸다. 손바닥 하나가 귀까지 덮어 낼 정도였다. 그 손으로 사장은 열심히 일했다. 그날도 사장의 손톱 밑에는 검은 쇳가루가 박혀 있었다. 칸은 사장의 손을 믿었다. 다른 누구보다 가난할 수 없는 손이었다.

먼 산을 바라보던 사장이 다시 쪽방으로 들어갔다.

밤이 되면 칸이 깔아 놓은 이불 위에 칸과 사장이 나란히 누웠다. 늘 사장이 먼저 잠이 들었다. 칸은 잠든 사장의 얼굴을 가만히 내려다보았다.

'정말이에요?'

잠든 사장의 숨결 사이로 칸이 물었다.

'정말, 사장님이 나보다 더 가난해요? 왜 사장님이 나보다 더 가난해요?'

새로 시작한 일이 물류 창고의 수문장이라고 했을 때, 키티는 환호성에 가까운 소리를 질렀다.
"멋진걸. 난 널 믿었어!"
예상대로였다. 키티는 언제나 그랬다. 불법노동자로 거리를 떠돌 때도, 사장을 만나 용접공이 되었을 때도, 무조건 호들갑스러운 반응을 보였다.
사장도 마찬가지였다.
칸이 철근에 손을 대던 날부터, 철근을 자르고, 붙이고, 나르고, 다시 이어 붙이는 순간마다 사장은 칸을 향해 엄지를 치켜세웠다.
"잘한다, 칸. 역시 칸. 알고 있지, 칸."
칸은 사장이 이름을 불러 주면 마음 한구석이 따뜻해졌다. 추웠던 겨울, 장작불 앞에 서 있던 자신의 시린 손을 덥석 잡아 준 사람이 사장이었다. 긴 시간이 지났어도, 칸은 그날을 잊지 못했다.
공장을 떠나던 날에도 사장은 칸의 이름을 부르며 너라면, 너 아니면, 너만 있으면 같은 말들을 늘어놓았다.
"너 아니면 안 돼. 너만 믿는다. 나의 칸."
칸은 사장을 따라 서둘러 짐을 챙겼다. 짐이라고 해 봤자 옷 몇 벌과 식판, 숟가락과 젓가락이 전부였지만, 덜그럭 소리가 나지 않도록 옷으로 감싸 가방에 넣었다.

*

 창고는 멧돼지의 등을 닮았다는 산과 마주 보고 있었다.
 고개를 끄덕이기에는 멧돼지가 떠오르지 않는 산이었다. 그래도 그냥 그렇게 불리는 산이니, 그런 줄 알면 된다고 사장이 말했다. 칸이 고개를 끄덕였다.
 사장이 먼저 뱀처럼 길게 늘어진 창고를 향해 걸어갔다. 창고에 물건이 들어오면 보관했다가, 다시 실어 보내는 것이 칸의 일이었다.
 "일종의 문지기 같은, 아니 수문장 같은, 책임감이 필요한. 그래서 너밖에 없어. 칸!"
 굳게 채워진 자물쇠를 풀며 사장이 말했다.
 창고의 문은 왼쪽과 오른쪽으로 한 번에 하나씩 밀어야 했다. 칸이 왼쪽으로, 사장이 오른쪽으로 밀어냈다.
 창고의 문이 열렸다.
 "어…… 어……."
 칸의 눈이 휘둥그레졌다.
 밖에서 볼 때와는 또 다른 모습이었다. 굉장히 넓

고, 크고, 높은 창고였다.

사장은 내일부터 여기에 상자가 쌓인다고 말했다.

"여기에 다요? 어떻게 여기에 다요? 정말, 다요?"

칸이 물었다.

"넌 할 수 있어. 그리고 해야 해. 그 많은 것들이 다 돈이 될 테니까."

사장은 칸과 달리 여유로운 표정을 지었다.

칸이 여전히 넓고, 크고, 천장이 높은 창고를 올려다보고 있는 동안, 사장은 공장에서 챙겨 온 용접기를 꺼내 창고 앞에 부렸다. 장비만 보면 창고를 반으로 쪼개 버릴 태세였다.

사장은 쥐구멍도, 개미구멍도 그냥 둘 수 없다고 했다.

"여기는 이래야 해. 뭐든 초장에 막아야 한다고."

한 손에는 휴대용 용접기를, 다른 한 손에는 사다리를 들고 사장이 창고 주변을 돌기 시작했다.

칸도 주변을 둘러보았다.

창고 옆에는 창고의 머리인 양 나란하게 놓인 작은 컨테이너가 있었다. 칸이 지낼 숙소인 컨테이너 하우스였다. 녹슨 자국이 지붕처럼 선명하게 테두리를 두른 낡은 컨테이너였다.

칸이 손잡이를 돌렸다. 햇볕에 달아오른 뜨거운 열

기가 손바닥에 전해졌다.

방 안에는 누군가 사용했던 흔적들이 남아 있었다. 쪽창 옆에 걸린 옷걸이와 작은 칠판. 바닥에는 밥상으로 쓰였을 더 작은 책상과 헤지고 바랜 이불이 쪽창 아래 반듯하게 놓여 있었다.

칸은 한쪽 구석에 가방을 내려놓았다. 엉덩이를 붙이고 앉아 가방에서 식판을 꺼내 책상 위에 올려놓았다. 숟가락과 젓가락도 나란히 붙여 두었다. 그리고 바닥에 누워 천장을 올려다보았다.

천장의 모서리를 따라 작은 구멍들이 눈처럼 군데군데 박혀 있었다. 사장이 했던 말들 중에는 칸이 지낼 방에 대한 이야기도 있었다.

"창고를 지키는 일이지. 별일 아니야. 방도 있는걸, 창도 나 있어. 남쪽이야. 언제든 창 너머로 창고를 지켜봐도 돼. 넌 할 수 있어. 어렵지 않을 거야. 칸, 네가 있어서 정말 다행이야."

그중에 구멍에 대한 이야기는 없었다. 그래서 칸은 작은 구멍들이 마음에 들었다. 마치 하늘에서 송이가 작은 눈이 내리는 것 같았다.

사장은 칸을 혼자 남겨 두고, 창고를 떠났다.

창고 앞에 부려 놨던 용접기를 차에 실으면서 앞으

로 칸이 해야 할 일들을 몇 번이고 또박또박, 끊어서 일러 주었다.

"일주일에 두 번. 가끔은 일주일에 한 번. 컨테이너 차량이 들어오면 짐을 내린다. 하루에 한 번, 어쩌다 하루에 두 번. 트럭이 상자를 실어 나간다."

그리고 마지막에는 이런 말을 했다.

"너라면 할 수 있어. 잘 기억해, 칸. 너를 믿는다."

사장은 하루가 멀다 하고 칸에게 전화를 걸었다.

컨테이너 차량이 들어온 시각과 빠져나간 시각, 상자의 크기와 무게와 개수와 스티커의 색깔까지 꼬치꼬치 캐물었다.

칸은 사장이 알고 싶어 하는 것들을 공책에 적어 두었다가, 전화가 걸려 오면 기계처럼 사장에게 알렸다.

"그리고 비는?"

사장이 마지막에 묻는 질문이었다.

비가 왔는지, 비가 오지 않았으면 비가 올 것 같은지. 비가 올 것 같으면 언제쯤 갤 것 같은지, 따위를 사장은 쉬지 않고 물어댔다.

칸이 고개를 저었다.

"그건 나는 알지 못해요. 그건 내가 알 수 없어요."

칸의 대답에 사장의 목소리가 높아졌다.

"하늘을 봐. 산 너머의 구름을 보라고! 바람을 쳐다보라니까!"

어느 날이었다. 그날은 물류창고에 들쥐 한 마리가 숨어들었다.

상자를 창고 안에 넣기 위해 오른쪽으로 힘껏 창고의 문을 밀어낼 때였다. 그 순간, 고작 한 뼘 정도의 문틈으로 들쥐 한 마리가 쏜살같이 뛰어들었다. 뱃가죽이 바닥에 닿을 정도로 살이 오른 회갈색의 들쥐였다.

"야! 어? 너!"

이런 외마디의 경고도 소용없었다.

순식간에 창고 안으로 들어간 들쥐는 찍, 소리도 내지 않고 몸을 숨겼다.

"그러다 너 굶어 죽는다. 진짜로 굶어 죽는다."

아무리 들쥐라 해도 상자를 갉아 먹으며 살 수는 없었다.

칸은 계속해서 들쥐를 불러 댔다.

"야! 너, 죽어. 진짜 굶어 죽어."

들쥐는 대답이 없었다.

대신 상자의 미동이 느껴졌다. 살찐 들쥐의 몸이 상

자와 상자 사이를 지나면서 생기는 움직임이었다.
"여기는 네가 있을 곳이 아니야. 그러다 죽는다고."
칸이 외쳤다.

그날 본 들쥐가 시작이었다.
칸은 그날 이후 사장에게 거짓말을 하기 시작했다.
한 마리의 들쥐가 두 마리가 되었다. 두 마리의 들쥐가 들쥐 떼가 되었고, 들쥐 떼가 새끼를 낳았다. 배고픈 뱀이 들쥐 새끼를 잡아먹었고, 배부른 뱀이 똬리를 틀고 앉아 알을 낳았다.
"징그러운 놈들! 더러운 새끼들!"
가끔 큰소리로 화를 내기도 했지만, 사장은 더 많은 순간을 아무 말도 하지 않았다.
"걱정하지 마세요. 들쥐는 뱀이 모두 잡아먹었어요."
"……"
"걱정하지 마세요. 뱀은 알을 낳자마자 사라졌어요."
"……"
"걱정을 하지 마세요. 이제 창고에는 들쥐도, 뱀도 없어요."
칸은 이런 거짓말로 사장을 안심시켰다.

사장은 더럽고 징그럽고 쓸모없는 놈이라고 욕을 하다가도, 창고에 쌓인 상자에 대해서는 잊지 않고 캐물었다. 그리고 마지막은 언제나 비였다.

"비는?"

사장이 묻는 건 태풍의 전조였다.

태풍이긴 했어도 몇 달째 이어지는 가뭄을 끝낼 수 있는 단비였다.

"안 와요. 올 것 같지 않아요. 하늘이 그래요."

들쥐가 나타나도, 뱀이 나타나도 오지 않던 사장이 태풍이 온다는 예보와 함께 창고에 나타났다. 한 달 만이었다.

사장의 손에는 칸을 창고에 데려다주던 그날처럼 용접기와 사다리가 들려 있었다.

"날 믿어 칸."

사장은 칸을 향해 용접기를 든 손을 번쩍 치켜 올렸다.

"문제는 들쥐가 아니야. 문제는 뱀이 아니야."

사장이 말했다.

"들쥐도, 뱀도, 안이 아닌 밖에서 밀고 들어오는 녀석들이지. 쥐를 잡으려면 쥐구멍을 찾아야 하고, 뱀을 잡으려면 뱀 굴을 찾아야 해. 이참에 싹 다 잡을 거야. 쥐도 잡고, 뱀도 잡고, 비도 잡고."

팔을 걷어 올린 사장은 앉은걸음으로 창고 주변을 돌기 시작했다. 앉았다 서고, 다시 앉았다 서기를 반복하며 손끝으로, 발끝으로 잔돌을 훑어 내고 쓸어 냈다.

그러다 구멍이 없다고, 그러니 비 따위는 걱정하지 않아도 된다고 말했다.

"걱정 마! 날 믿으랬잖아."

사장의 이마와 콧등에 땀이 맺혔다.

몇 발짝 뒷걸음으로 물러난 사장은 창고를 올려다보았다. 옆에 세워 둔 사다리로는 결코 오를 수 없는 높이였다. 사장이 창고를 살피고, 창고의 꼭대기를 올려다보는 동안, 칸은 쉬지 않고 상자를 밖으로 빼냈다.

쿵쿵, 탕탕, 쿵쿵, 탕탕.

사장이 창고의 벽을 두드릴 때마다, 안에서는 창고가 무너질 것 같은 소리가 났다.

"칸, 칸."

사장이 칸을 불렀다.

"여기에는 없어. 어디에도 이제 구멍은 없어."

소리치듯 말하는 사장의 목소리에 칸이 허리를 폈다. 사장이 칸을 향해 걸어오고 있었.

칸의 손에는 구멍 뚫린 목장갑이, 사장의 손에는 용접기가 들려 있었다.

칸은 땀을 흘리는 사장의 얼굴이 낯설었다. 문득, 이곳에 있어야 할 사람이 자신이 아닌 사장이라는 생각이 들었다. 나보다 더 가난한 사장이, 나보다 더 가난해서 죽으려고 했다는 사장이, 인적 없는 이곳에서 하늘 높이 상자를 쌓아 올려야 할 것만 같았다.

칸도, 사장도, 웃음기가 사라졌다.

"잘 봐. 이제부터는 널 위한 일이야."

사장은 칸을 지나쳐 가며 칸의 숙소인 컨테이너 하우스로 향했다.

창고를 살피듯 칸의 숙소를 살폈다. 안은 들여다보지 않았다. 햇볕에 달아오른 손잡이를 잡지 않았고, 천장을 타고 이어진 녹슨 쇳가루도 만지지 않았.

사장은 사다리를 타고 가뿐하게 천장 위로 올랐다. 뒤뚱거리며 걷긴 했어도, 위태롭지는 않아 보였다.

"쳇! 구멍은 여기에 있었네."

혼잣말을 하듯이, 혼잣말이지만 칸은 들어야 한다는 듯이, 그래서 칸이 이쪽으로 걸어와야 한다는 듯이 사장의 목소리가 높아셨다.

"여기에는 구멍이 있을 줄 알았다니까!"

사장이 찾았다는 구멍은 처음부터 나 있던 구멍이

었다. 칸이 흰 눈이라고 생각하는, 작아도 빛이 새어 들었던 작은 구멍이었다.

칸에게 구멍은 찬사였다. 조용히, 소리 없이, 뽐내지 않고 우아하게 쏟아지는 찬사 같아서, 눈을 감고 천장을 올려다보며 깊은 잠에 빠져들곤 했다.

"이걸 막을 거야. 그래야 비가 내려도 끄떡없어."

사장은 칸이 올려 준 용접기로 구멍을 때우기 시작했다. 엉덩이를 붙인 채 컨테이너 천장 위에 앉아서 용접기의 인두 끝을 세워 가며 작은 구멍을 때워 나갔다.

모든 구멍이 막혔을 때, 칸의 불면증이 시작됐다.

아무것도 보이지 않았다. 쪽창이 있어도, 창은 어둠을 더 크고, 분명하게 보여 줄 뿐이었다.

밤이 되면 숨이 막혔다. 잠을 자는 대신 날이 밝을 때까지 칸은 밖을 서성거렸다. 서성이다 힘이 들면 창고 앞에 우두커니 서서, 공장에서 보았던 사장처럼 먼 산을 오래도록 바라보았다.

그저 그런 줄 알라던 멧돼지의 등을 닮은 산이 낮고 길게 뻗어 있었다.

컨테이너 하우스의 구멍을 모두 때워 버리던 날, 사장은 천장 위에서 뿌듯한 표정으로 칸을 내려다보았다.

"날 믿으랬지. 깨끗하게 메웠어."

사장의 얼굴이 터질 것처럼 부풀어 올랐다.

그 얼굴이 칸은 밤마다 떠올랐다. 벌겋게 부풀어 올라 폭발하기 직전의 활화산처럼 뜨겁고, 불길한 표정이었다.

그날 이후 칸은 지독한 불면증에 시달렸다. 한 달이 넘도록 제대로 된 잠을 자지 못했다.

아주 잠깐, 날이 밝기 전에 까무룩 잠이 들기도 했지만, 컨테이너 차량과 트럭 기사들이 문을 두들겨 가며 칸을 깨웠다.

쾅, 쾅, 쾅.

부서져라 문을 내리치는 기사도 있었다.

"죽었을까 봐. 아무도 모르게 혼자 죽었을까 봐."

어떤 트럭 기사는 칸을 걱정해 주었고, 어떤 트럭 기사는 칸을 병원에 데려다주었다.

불면증이 뭐라고, 약 먹고 자면 그만인 불면증이 뭐라고, 똥 씹은 얼굴을 하고 있냐고 말했다.

"똥이요?"

칸이 물었을 때, 기사는 그만큼 얼굴이 상했다고 말했다.

증상은 이래요. 잠을 잘 수가 없어요. 이리 누워도, 저리 누워도 자꾸만 하늘이 보고 싶어요. 예전에는 동그란 구멍 사이로 하늘이 보였어요. 빛이 들었죠. 그러면 꿈을 꿔요. 상자 안에 가득히 들어차 있는 돈. 빛이었어요. 하지만 그 빛이 이제는 보이지 않아요. 그러면서 생각해요. 끝내 터져 버린 얼굴을요. 벌겋게 달아오른 사장의 얼굴이 터져 버렸어요. 잔해가 천장 위에 달라붙어 있는 것 같아요. 그것들이 구멍을 막고 있는 게 분명해요. 구멍만큼은 동그라미였는데, 하늘에서 내리는 눈처럼 동그라미였는데. 예전처럼 다시 하늘을 보고 싶어요.

"그러면 낮에 하늘을 보세요."

의사가 말했다.

"저는 하루 종일 일을 해요."

의사는 종이와 볼펜을 칸에게 내밀었다. 칸은 의사에게 창고의 모습을 그려 보였다.

모든 것이 네모반듯했다. 네모난 창고와 네모난 컨테이너, 네모난 식판과 네모난 상자, 네모난 상자를 더 큰 네모로 쌓아 트럭에 싣는 칸의 몸도 네모난 모양이었다.

의사는 칸의 얼굴을 가만히 들여다보았다.

"다행히 당신의 얼굴은 동그라네요. 그러니, 자주

거울을 들여다보세요. 얼굴을 보세요. 그러면 알 수 있어요. 보일지도 모르죠. 당신의 얼굴처럼 동그란 구멍이."

*

 사장의 전화가 늘어났다. 태풍 때문이었다. 일기예보에서는 세 개의 태풍이 한꺼번에 몰려온다고 했다.
 "올 테면 오라지."
 사장은 한 달 전에도 태풍이 감쪽같이 사라졌다며, 이번에도 그럴 게 분명하다고 자신했다.
 "하늘은 어때?"
 맑은 날이었다.
 "하늘은 파래요."
 목덜미의 땀을 닦으며 칸이 말했다.
 사장의 믿음대로 세 개의 태풍 중 한 개의 태풍이 사라질 모양이었다.
 세상이 가뭄으로 타들어 가고 있었다. 땅이 갈라지고 갈라진 틈으로 불이라도 뿜어져 나올 것처럼 온 땅이 뜨겁게 달아올랐다. 땅의 열기를 식히기 위해 소방차가 동원됐고, 사람들이 흘린 땀이 수증기가 되어 이번에는 비가 오지 않겠냐는 새로운 학설이 등장했다.

"날 믿어. 칸."

사장은 태풍의 존재를 믿지 않았다.

태풍이 온다고 해도, 사라질 태풍일 테니 무조건 더 많은 상자를 쌓아 올리라고 말했다.

칸은 의사가 내린 처방을 따르지 못했다. 거울을 볼 시간이 없었다. 그래서 자신의 얼굴이 동그라미를 잃어 가는 걸 알지 못했다.

첫 번째 태풍에 이어, 두 번째 태풍도 사장의 바람대로 사라졌다. 동쪽 먼바다로 방향을 틀어 버린 비구름이 동해상에서 흔적도 없이 뿔뿔이 흩어졌다.

사장이 크게 웃었다.

"하하하, 하늘은?"

크고 작은 구름의 조각들이 산 너머로 흘러갔다.

"기대해. 마지막 키티도 사라질 거야."

사장은 세 번째 태풍인 키티도 사라질 거라고 믿었다.

칸은 다시 하늘을 올려다보았다. 산을 넘지 못한 구름들이 칸의 머리 위에 남아 있었다.

그날 저녁, 칸은 키티에게 태풍의 이름을 알려주

었다.

"너와 이름이 같아. 키티."

"그렇다고 해서 내가 태풍은 아니야."

키티가 말했다.

"키티도 사라질까?"

칸이 물었다.

"니는 여기에 있어. 나는 사라지지 않아."

칸은 웃음이 나왔다. 하지만 들키고 싶지 않았다. 칸이 웃음을 삼켰다.

"키티가 정말 사라질까?"

이번에는 키티가 물었다.

칸은 사장의 말을 믿고 싶지 않았다.

사장은 태풍이 오기 전에 더 많은 상자를 더 높이, 더 빨리 쌓아 올리라며 칸을 다그쳤다.

사장에게 걸려온 전화를 끊고, 다시 키티의 전화가 오기 전까지, 칸은 창고 안의 상자를 밖으로 옮겼다.

상자와 상자 사이로 빈틈이 보일 때마다, 칸은 창고에 뛰어들었던 들쥐를 찾으려 했다. 찾는다면, 사체일 게 뻔한 들쥐였다. 하지만 어디에도 들쥐의 사체는 보이지 않았다. 그리고 보면, 창고는 하루에도 몇 번씩 문이 열었다. 언제든 마음만 먹으면 쏜살같이 빠져나갈 수 있는 공간이었다.

"그건 나는 알지 못해. 그건 내가 알 수 없어."

칸은 사장에게 대답하듯, 키티에게 말했다.

키티에게 태풍은 중요하지 않았다. 졸린 듯, 하품을 섞어 가며 키티가 말했다.

"돈이 필요해. 나의 아버지 에첵이 죽을지도 몰라."

오래전부터 칸이 그 돈을 책임지고 있다. 하지만 당장에 보내 줄 돈이 칸에게는 없다.

"기다려. 창고에 쌓인 이 많은 것들이 곧 돈이 될 거야."

*

칸이 밖으로 나왔다.

창고 앞에는 칸이 쌓아 둔 빨간색과 파란색, 분홍색 스티커가 붙은 상자들이 놓여 있었다.

"하나, 둘, 셋……."

칸은 상자를 하나하나 짚어 가며 위에서 아래로, 다시 왼쪽에서 오른쪽으로 상자의 개수를 헤아렸다. 곧 싣고 나갈 상자였다.

칸은 상자 주변을 느리게 걸었다. 칸의 느린 걸음걸이만큼 아직 산을 넘지 못한 구름들이 느리게 뭉치고 있었다.

뚝, 한 방울.

칸은 땀이라고 생각했다.

뚜 둑, 두 방울.

칸은 눈물이라고 생각했다.

뚜 두 둑, 세 방울.

칸은 땀과 눈물이 함께 흘러내린다고 생각했다.

크고 작은 구멍들이 땅 위에 새겨졌다. 수십 개에서 수백 개, 어쩌면 수천 개의 구멍일지도 몰랐다.

가만히 땅을 들여다보던 칸이 바닥에 드러누웠다.

수많은 구멍들이 칸의 몸에 떨어졌다. 메말랐던 땅 위에도, 창고 앞에 쌓아 둔 상자에도 구멍이 생겨났다.

크고 선명한 구멍들이 그물처럼 성긴 상자의 사이사이로 파고들었다. 빨강과 파랑, 분홍의 스티커가 그물코에 걸린 물고기처럼 파닥거렸다.

칸은 길게 누운 채로 하늘을 올려다보았다. 수많은 구멍 속에서 물이 떨어졌다.

그 순간, 견딜 수 없는 잠이 쏟아졌다. 칸은 잠들지 않기 위해 온 힘을 다해 버텼다. 눈을 부릅뜨고 산을 올려다보았다.

어쩌면 시작인 듯 열린 문처럼 산이 도드라졌다. 멧돼지의 등을 닮은 산의 자태가 선명하게 드러났다.

저건 머리, 저건 꼬리, 저건 덫에 걸린 다리…….

성난 멧돼지였다. 덫에 걸려 가쁜 숨을 내쉬는 멧돼지였다. 숨을 내쉴 때마다 코에서 뿜는 콧김이 수증기가 되어 하늘로 올랐다. 산 너머에서 잿빛 구름이 다가오고 있었다.

칸이 손을 흔들었다.

"안녕 키티."

차갑고 맑고 투명한 비가 칸의 얼굴을 때렸다.

칸의 옆으로 죽음이 지나갔다. 칸은 에첵과 사장이 놓친 죽음을 재빠르게 낚아챘다.

죽음을 움켜쥔 손으로 빗물이 파고들었다.

칸은 눈을 뜰 수가 없었다. 온몸에 새겨지는 구멍 속으로 칸이 빠져들었다. 다시는 없을 깊은 잠이라고 칸은 생각했다.

돌의 기억

회의실이 아닌 소극장에서 진행된 설명회였다.

일반인이 참석할 수 있는 설명회답게 석훈이 준비한 자료를 제외하고 모든 것이 공개된 공간이었다.

석훈은 객석에 앉아서 성 계장이 가져다 준 메모지에 설명회가 시작되면 꺼낼 말들을 적어 놓았다. 석훈은 우륵의 이야기로 말문을 열 계획이었다. 앞서 다른 두 명의 후보가 무슨 이야기를 했는지 석훈으로서는 알 수가 없었다.

최종 후보에 오른 세 명에게 각각 주어진 시간은 두 시간이었고, 서로의 얼굴을 볼 수 없게 중간에 한 시간의 휴식 시간을 두었다. 석훈이 배정받은 시간은 오후 세 시부터 다섯 시였다.

석훈은 최종 후보에 올랐다는 전화를 받고 일주일 동안 자료를 준비했다.

시에서 원하는 내용은 자신이 정한 주제와 그에 대한 이유였다. 말이 아닌 글로 설계도를 설명하기란 쉬운 일이 아니었다. 석훈의 주제는 기억과 소리였다. 박물관이 간직한 시간의 기억과 기억에 덧댄 소리에 초점을 맞춰 가며 주제를 써 나갔다.

성 계장은 회의 진행과 관련해 일러둘 말이 있다며 석훈의 옆자리에 앉았다. 설명회를 준비하는 동안 몇 번의 통화가 있었다. 그 몇 번이 초면을 구면으로 만들었다.

성 계장은 비어 있는 세 개의 좌석은 불을 끈 후에 들어오는 시장과 심사위원의 자리라고 했다.

"그러니까, 우륵은 하나의 상징이라는 거죠?"

줄곧 석훈과 성 계장을 쳐다보던 남자가 석훈에게 물었다.

소극장 안에는 성 계장이 말한 세 개의 좌석을 빼고는 빈자리가 없었다. 석훈은 대답 대신 성 계장을 쳐다보았다.

남자가 석훈의 자료를 훑어보는 데 걸린 시간은 오 분 정도였다. 그 몇 분 동안 석훈이 준비한 자료와 설계도를 모두 읽어 낼 수는 없었다. 무엇보다 석훈은 설명회가 시작되기 전의 질문을 어떻게 대처해야 할지 망설였다.

석훈의 표정을 읽은 성 계장이 남자에게 다가갔다. 귓속말을 주고받던 두 사람이 짧게 웃었다.

 세 시가 되자 성 계장은 설명회를 시작하겠다며 시선을 모았다.
 모두 들춰 보던 자료를 정리하며 의자를 끌어 앉았다. 성 계장이 스위치를 내리자 극장 안이 어두워졌다. 준비된 스크린에 석훈이 제출한 설계도가 옮겨졌고, 성 계장이 말한 세 사람이 들어왔다.
 석훈이 레이저 포인터로 지붕을 가리켰다. 커다란 삼각형 안에 반달 모양의 건물이 놓였다. 그 안에 거미줄처럼 연결된 선과 선이 만들어 낸 공간들이 다시 스크린에 그려졌다. 석훈은 돔이라는 표현 대신 반달을 눕혀 놓은 모양이라고 설명했다.
 사실, 석훈은 무덤이라는 표현을 쓰고 싶었다. 무덤 앞에 세워 놓는 비석과 어린나무는 박물관을 연결하는 계단으로 삼고, 계단에는 우륵이 신라로 넘어오는 동안의 시간을 새겨 넣고 싶었다.
 설계도를 준비하는 동안 석훈은 기억이라는 주제를 놓치지 않으려고 했다. 그래서 한 수만 있다면 자신이 설계한 건물이 붕괴가 아닌, 인간처럼 스스로 소멸해 가는 또 다른 생명체로 보였으면 했다.

석훈에게 있어 이번 공모전은 매우 즉흥적이었다. 공모전을 준비하는 다른 사람들처럼 미리 준비한 자료가 있다거나, 더 나은 경력을 위해 도전하는 것이 아니었다. 사무실 직원들이 돈도 안 되는 지방 소도시, 거기다 시에서 주관하는 공모에 시간을 쏟는 이유가 무엇이냐고 물었을 때도 석훈은 적당한 대답을 찾지 못했다. 하지만 이번 공모전의 지명을 보는 순간 석훈은 아버지의 편지를 기억해 냈고, 무언가에 끌려가듯 공모전을 준비했다.

　석훈은 사람들의 시선을 모으기 위해 다시 우륵의 이야기를 꺼냈다.

　그가 두려워한 것은 소리였습니다. 신라의 왕 앞에 무릎을 꿇은 것도 이 두려움 때문이었습니다. 자신의 소리가 기억될 수 있다면, 나라를 등질 수도 있었겠지요. 신라의 왕은 이런 그의 마음을 알아챘습니다. 그가 소리를 두려워하는 만큼 사랑한다는 것과 자신 또한 그의 소리를 사랑한다는 것을. 왕은 그에게 소리를 영원히 기억할 수 있는 방법을 제시했습니다.

　석훈은 메모지에 적힌 단어들을 나열해 가며 설명을 이어 갔다. 야외공연장의 모습이 스크린 위에서 좌우로 움직였다. 시에 들어설 박물관 설계도였지만 석훈은 박물관을 둘러싸고 있는 야외공연장에 더 많은 시간을 할애했다.

"우륵을 상징으로 내세운 건, 박물관을 둘러싸고 있는 야외공연장 때문입니다."

사람들의 반응이 없자 석훈의 목소리가 빨라졌다.

"공연장이야 박물관 안에 넣어도 무리가 없을 텐데요."

석훈과 마주한 남자가 물었다. 성 계장이 말한 심사위원 중 한 사람이었다. 빛에 반사된 남자의 얼굴이 조금씩 흔들렸다.

남자의 말처럼 굳이 야외에 무대를 설치할 필요는 없었다. 하지만 석훈은 마땅히 그래야 하는 것처럼 공연장은 밖에 있어야 한다고 말했다.

"그건 음악이 소리이기 때문입니다. 소리가 전달하는 걸 지붕 아래 가두고 싶지는 않습니다."

소리는 글과 다르다는 게 우륵의 생각이라고 덧붙이자, 회의실 안에 정적이 돌았다.

기억에서 소리로 옮겨진 석훈의 설명에 근거를 찾으려는 듯 사람들이 서류를 들춰 보았다. 하지만 자료 어니에도 그런 말은 없었다.

설명회가 있기 전, 석훈은 성 계장과 함께 중원고구

려비를 둘러보았다. 박물관 건립 후 제일 먼저 관람객을 맞이할 유물이라고 했다.

"그게 제 생각은 아니고, 시장님 생각이세요. 꼭 그걸 일 층에 전시해야 한다나요."

시청에서 십 분 남짓 걸려 도착한 곳은 공사가 한창이었다. 좁은 길을 막아선 포클레인과 트럭들이 위험하게 마주하고 있었다. 성 계장은 조심스럽게 차를 몰았다. 주차할 곳이 마땅하지 않아 비석을 지나쳐서 차를 세웠다.

차에서 내린 성 계장은 조심히 따라오라며 앞장서 걸었다.

"설계도야 우린 볼 줄 모르니까 그렇다 해도, 다들 선생님 자료가 어렵다고 하더라고요."

컨테이너와 비석 안내문을 사이에 두고 성 계장이 걸음을 멈췄다.

"그 이유가 너무 우륵에 초점을 맞춘 것 같아서, 여길 보여 드리려고. 탄금대는 가 보셨죠?"

사실 지역의 특성이 중요한데도 석훈은 한 번도 이곳을 방문하지 않았다.

"저기 보이시죠?"

성 계장이 가리킨 것은 컨테이너였다. 그 안에 중원 고구려비가 있다고 했다. 성 계장의 긴 설명이 아니었어도 아무렇게나 세워진 비석을 언제까지고 방치할 수는 없었을 것이다. 마주 보이는 비석은 중원고구려비와 똑같이 만든 모조품이었다.

오래전 아버지의 편지대로라면, 비석의 뒤로는 깎여 나간 산의 속살이 보여야 했다. 하지만 속살 대신 아무렇게나 자란 뽕나무가 비석을 등지고 있었다. 지금이 봄이었다면 편지에 쓰인 대로 진달래와 개나리 정도는 늘 피어 있을 듯했다.

석훈은 아버지가 읽어 내지 못한 비석을 찬찬히 훑어보았다. 마모가 심한 글자를 읽어 내기란 쉬운 일이 아니었다. 어쩌면 아버지가 느꼈다는 숙연이라는 감정도 비석에 새겨진 글귀가 아닌 아버지가 읽어 내지 못한 무지였을지도 몰랐다.

*

어머니는 아버지의 가출을 두고 이 모든 게 무식한 자신의 탓이라고 했다.

아버지가 집을 나가기 전까지, 어머니와 아버지는 버려진 땅을 일구며 살았다. 흙에서 나오는 것이 돌인지, 돌에서 나오는 것이 흙인지 알 수 없는 땅을 한 삽 한 삽 퍼내는 어머니와 달리, 아버지는 삽질 한 번에 먼 산 두 번을 바라보는 그런 사람이었다.

 아버지의 일이라는 게 기껏해야 어머니가 파낸 쇠붙이나 돌을 한쪽에 모아 두는 것이었다면, 어머니는 남들보다 더 많은 땅을 개간하기 위해 허리 한 번 제대로 펴지 않는 사람이었다. 어머니가 허리를 펴는 순간은 느닷없이 툭 불거져 나온 쇠붙이를 길 한쪽에 던지는 잠깐의 시간이었고, 아버지는 어머니를 대신해 엿장수가 지나가면 모아 둔 쇠붙이를 가져다 엿으로 바꿔 오곤 했다.

 그렇게 어머니는 아버지가 건넨 한 덩어리의 엿을 허리춤에 차고 땅을 고르다 쇠붙이가 아닌 돌멩이가 나오면, 힘껏 돌을 내리치며 다시 땅을 골랐다.

 삽으로 깨지지 않는 것이 돌인 줄 알면서도 어디 화풀이할 데가 없던 어머니는 돌의 여기저기에 상처를 내곤 했다. 그렇게 떨어져 나간 돌의 조각들은 다시 땅속에 파묻히거나, 다른 돌들과 함께 트럭에 실렸다.

 드디어 고른 땅의 모습이 드러났을 때, 어머니와 아버지는 그 위에 씨를 뿌렸다.

 아버지의 가출은 씨를 뿌린 지 열흘 뒤인 어느 해였다. 어머니가 기억하는 그해는 석훈이 초등학교에 입학한 해이기도 했다.

동네 사람들은 씨를 뿌리고 나갔으니 틀림없이 계획된 가출이었다며, 평소와 달랐던 아버지의 행동을 기억해 내려 했다. 그러고 보니 길에서 만나도 아는 체를 하지 않았다거나, 며칠 동안 술 냄새가 코끝을 찔렀다며 이게 다 가출의 징조였다고 수군댔다.

어머니는 인정하지 않았다. 갑자기 줄어든 식욕이라거나 잦은 술주정을 대수롭지 않게 여겼고, 단지 며칠 동안 신문에서 오려 낸 사진을 내려다보는 아버지의 목덜미가 못마땅해서 잔소리를 했다는 게 기억의 전부였다.

"그러다 목 빠지겠네. 그러다 사진 속으로 들어가겠네."

석훈은 아버지가 들고 있던 사진 속 남자의 모습을 어머니가 전하는 푸념으로만 기억했다.

"봐라. 그 엿장수다. 여기 삐뚤어진 입이랑 들창코 보이지? 그날 내 쇠붙이를 가져간 그 엿장수가 분명하다. 내가 버린 쇠붙이가 보물이란다. 그게 보물이란다."

어머니는 아버지의 말투를 흉내 내며, 술에 취해 중얼거리는 주정치고 꽤나 유시하다고 핀잔을 주었다.

"엿장수를 찾아야겠소."

엿장수라는 말을 또렷이 내뱉은 아버지가 무섭기

도 했지만, 어머니는 아버지에게 엿을 사 주기 위해 장날을 기다렸다고 했다. 하지만 아버지는 장날을 기다리지 않았고, 엿은 꿈속에서 어머니 혼자 먹었다. 손가락에 쩍쩍 달라붙는 엿을 떼어내기 위해 아버지의 등짝에 문질렀고, 아버지가 잠에서 깰까 봐 얼굴을 들여다보는 순간, 꿈에서 깼다고 말했다.

하지만 그날, 아버지는 어머니 곁에 없었다. 대신 어머니의 옆에는 허물처럼 벗겨진 아버지의 얇고 낡은 내복이 어지럽게 흩어져 있었다.

밭에 나갔으려니, 로 하루를 보낸 어머니가 아버지의 행방을 가출로 받아들인 건, 하루가 지나서였다.

한동안, 아버지는 거처를 옮길 때마다 편지를 보내왔다. 편지 봉투에 발신인의 주소는 없었지만, 편지의 글 속에 아버지가 지나간 공간들이 주소처럼 적혀 있었다. 굳이 주소가 없어도 쉽게 아버지를 찾을 수 있을 정도였다. 그래서 한 번쯤은 어머니가 당신을 찾아와 주길 바라는 것처럼 보였다.

하지만 어머니는 한 번도 아버지를 찾아 나서지 않았다. 아버지는 그렇게 데려와야 할 사람이 아닌 다시 돌아와야 할 사람이라는 게 어머니의 말이었다.

말은 그랬지만, 아버지의 편지를 처음 받아 들던 날

의 어머니는 손이 아닌 다리를 떨었다. 어머니는 어린 석훈의 부축을 받아야 했고, 마루에 걸터앉은 어머니의 무릎 위에 석훈은 아버지의 편지를 내려놓았다. 그때도 지금처럼 어머니가 읽어 낼 수 있는 글자보다 석훈이 읽어 낼 수 있는 글자가 더 많았기에, 어린 석훈은 어머니를 대신해 더듬더듬 편지를 읽어 나갔다.

어머니는 석훈의 목소리를 온몸으로 받아들였다. 어머니에게 아버지의 편지는 곧, 아버지였다.

석훈이 초등학교를 졸업하고 중학교에 들어갔을 무렵, 걱정과 안부가 전부였던 아버지의 편지가 조금씩 달라지기 시작했다. 아버지의 편지도 석훈처럼 성장하고 있었다.

걱정과 안부가 아닌 문장을 갖춘 넋두리와 어머니에게 때로는 석훈에게 자신의 경험을 들려주었다.

나는 항상 한발 빠르거나 한발 늦는단다. 내가 지나온 곳에서, 혹은 가려고 하는 곳에서는 늘 무언가가 발견되곤 하지. 하지만 후회는 없단다. 어차피 이제 와 엿장수를 찾을 수도 없을 테고, 그렇다고 다시 돌아가 그곳의 땅속을 늘여다보고 싶지는 않구나.

아버지는 자신이 찾으려는 게 엿장수만은 아니라

고도 썼다.

삽으로 쳐 낸 돌의 조각들을 찾을 수만 있다면, 돌의 조각들을 하나로 모아 원래의 자리로 되돌려 놓을 수 있다면, 그래서 그들이 쉴 수 있는 돌의 무덤을 다시 만들 수 있다면…….

이 모든 게 자신의 치명적인 실수 때문이라고 썼던 어떤 날의 편지에서는 너무 흔해서 그게 보물인지 몰랐던 자신의 무지를 탓하며, 잃어버린 보물을 찾아 헤매는 중이라고도 했다.

도굴꾼에 대한 이야기도 있었다.

도굴꾼처럼 무덤에 구멍을 내지 않았어도, 어둠을 틈타 무덤을 파헤치는 도굴꾼을 보면서 자신의 치명적인 실수가 다시 떠올랐다고 했다. 편지 말미에는 이런 글도 있었다.

어찌 알겠느냐. 그들도 지금의 나처럼 뼈에 사무치는 후회로 허우적대고 있을지. 그게 그들의 형벌 아니겠느냐.

*

"문은 또 다른 상징입니다. 문은 가둘 수도, 풀어 줄 수도 있습니다."

우륵에 이어 문으로 이어지는 석훈의 설명에 사람들은 스크린이 아닌 배포된 자료를 다시 들추기 시작했다.

박물관 내부를 수놓은 12개의 문이 가야금의 12줄을 의미한다고 하더라도 문이 만들어 낸 방과 방에 갇힌 유물의 경계를 허물었다는 설명은 실체를 떠올리지 못하게 했다.

자료에서 시선을 떼지 않던 사람들이 석훈을 향해 고개를 들었다.

누군가 석훈을 향해 손을 들었다. 석훈은 손목시계를 들여다보았다. 준비된 두 시간에서 삼십여 분의 시간이 남아 있었다.

"그 소리에 관한 건데요. 소리에 맞추다 보니, 박물관 자체가 너무 죽는 건 아닐까요?"

야외공연장이 문제가 될 것은 없었다. 앞서 말했듯이 모양 자체가 산의 형태를 띠고 있을 뿐이었다. 그 안에 박물관이 무덤처럼 자리 잡았으니 주인공은 박물관인 셈이다. 그 점을 명확히 해 둘 필요가 있었다. 야외공연장은 말 그대로 야외공연장일 뿐이고, 음악은 누구의 것도 아닌 모두의 것이어야 했다.

석훈은 자료를 들춰 가며 계단에 음악을 새겨 넣겠다는 부분부터 차례대로 읽어 나갔다.

층이 올라갈수록 마을 사람들의 이야기를 선별해서 기록하는 방식까지 읽고 마무리를 지었다.

마무리 전에 십 분 정도의 쉬는 시간을 갖겠다는 성 계장의 말에 사람들이 자리에서 일어났다.

석훈은 긴장이 풀린 탓인지 소극장 안이 갑갑하게 느껴졌다. 성 계장이 석훈에게 다가와 생수를 건넸다. 잠시 자리를 비워도 되냐는 석훈의 말에 성 계장이 석훈의 팔을 잡아끌었다.

*

성 계장이 석훈을 데리고 간 곳은 광장 분수대였다.

분수대를 등지고 성 계장은 크게 기지개를 켰다. 석훈은 성 계장의 손에 들린 서류 봉투를 눈여겨보았다. 제법 두툼해 보였다.

성 계장의 뒤로 분수대에서 물줄기가 솟았다. 수도꼭지 서너 개를 위로 틀어 놓은 모양의 분수대였다. 높이 솟지 못한 물줄기가 맥없이 떨어졌다.

"여긴 모든 게 다 작네요."

석훈의 질문에 성 계장이 분수대를 돌아보았다. 그

래도 이 분수대가 만남의 장소 같은 역할을 한다고 했다.

"이곳에는 큰 건물을 세울 수가 없어요. 주변이 유적지인 데다, 물 때문에 안 돼요. 이 물이 서울로 흐르잖아요……."

말끝을 흐린 성 계장은 지금부터 시장과 심사위원은 들어오지 않을 거라고 말해주었다.

석훈의 표정을 살피던 성 계장이 서울에 살았던 자신의 이야기를 들려주었다. 대학 시절 자취방을 시작으로 고향으로 돌아오기 전까지의 이야기는 누구에게나 있을 법한 뻔한 경험담이었다. 그러다 정작 자신이 서울을 떠난 이유는 거대한 서울이 무서웠기 때문이라고 했다.

"서울은 말이죠. 마음까지 벌거벗어도 사랑이 이뤄지지 않더라고요."

뜻밖의 얘기였다. 석훈은 성 계장과 만난 지 반나절이 지나서야 목에 걸린 명찰을 내려다보았다. 그제야 성 계장의 이름이 눈에 들어왔다.

*

형벌이라니.

어머니 앞에서 아버지의 편지를 읽어 주던 순간이었다. 석훈은 저도 모르게 피식, 웃음이 새어 나왔다. 늙어 가는 어머니와 내년이면 대학 입시를 치러야 하는 자신에게 형벌이라는 단어는 위로가 아니었다. 오히려 과거에서 빠져나오지 못하는 아버지에게 화가 났다.

그 순간 석훈은 어머니 앞에서 아버지의 편지를 팽개치듯 던지고 말았다. 하지만 어머니는 편지에 묻은 흙을 털어 내며 석훈의 손에 다시 쥐여 주었다.

어머니는 아버지와 잘 헤어지는 방법을 알고 있는 사람 같았다. 아버지의 편지를 다 읽은 후에는 한참을 들여다보며 자신이 아는 글자를 숨은 그림 찾듯 골라냈다. 행간과 행간 사이의 의미와 오자 위에 덧댄 의미 없는 사선까지도 읽어 내려 했다. 그 지루하고 엄숙한 일이 끝난 뒤에는 접힌 자국 그대로 접어 봉투에 담아 보관했다.

그 당시, 어머니의 그리움은 고통이 아니었다. 자기 눈이 밝으면 남편의 눈도 밝을 거라 여겼고, 튼튼한 두 다리만큼 남편의 다리도 튼튼할 거라 믿었다. 하지만 정직하게 흐르는 세월만큼 정직하게 늙은 몸을 보면서 어머니의 그리움은 고통으로 변해갔다.

어느 날이었다.

석훈이 제대 후 찾은 고향집에서 어머니는 밥상을 앞에 두고 눈물을 흘렸다. 갑작스러운 어머니의 눈물에 석훈은 사레가 들렸다. 기침이 멈추지 않자 석훈의 눈에도 눈물이 고였다.

 아버지의 편지가 끊긴 건 석훈이 군대에 입대할 즈음이었다.

 당시 아버지는 자신이 있는 곳은 볕이 유난히 따뜻한 곳이라고 표현했다. 어찌나 따뜻한지 깨끗한 솜을 한아름 안고 있는 것 같다며 햇볕의 이야기를 가득 늘어놓았다.

 며칠 후 도착한 편지에서는 비석의 이야기가 있었다. 비석의 한쪽 모서리가 잘려 나갔는데, 차라리 저런 커다란 비석이었다면 삽으로 쳐내지 않았을 거라는 후회도 담겨 있었다.

내가 삽으로 쳐낸 돌은 무척 작았단다. 물론 커다란 돌도 있었지만, 그건 소가 끌고 갔으니 내 잘못은 아니구나. 저런 비석이 있었는지 모르겠지만 내가 부숴 버린 돌들 중에서 뭔가가 적혀 있었다면, 내가 버린 건 돌이 아닌 돌의 기억이라는 생각이 든다

돌은 견고했다, 로 끝을 맺은 편지에서 아버지는

돌이든 사람이든 아무리 견고한 것도 뒤에서 내리치면 주저앉는다고 했다. 그러니 누군가 뒤에서 내리치지 않기를 바라는 수밖에.

비석에 관한 이야기는 한 달 정도 이어졌다. 아버지는 마을 입구에 세워 놓은 입석이 발견되던 날의 이야기를 여러 번 강조했다. 그런 일이 자신에게도 일어나길 바라지만, 잘려 나간 귀퉁이를 볼 때마다 눈을 감듯 마음을 닫아 버린다고 했다.

어머니의 한숨이 깊어진 것도 그 무렵이었다.

사레들린 기침이 멈추자 석훈은 어머니에게 화를 내며 말했다.

"이제 그만 잊으세요."

언젠가는 해야 할 말이었다. 하지만 어머니는 석훈이 흘린 밥알을 손으로 집어 올리며 천천히 말을 이었다.

"네 아버지를 잊는 건 내일 해도 된단다."

차라리 처음부터 아버지의 편지가 오지 않았다면 어머니가 아버지를 기다리는 일도 없었을 것이다. 편지가 도착하는 한 아버지는 살아 있는 사람이었다. 살아 있는 남편을 두고 어머니가 다른 누군가를 사랑하기란 있을 수 없는 일이었다.

아버지의 편지가 끊긴 뒤에 어머니는 오히려 석훈을 위로하려 들었다. 석훈이 제대를 하고, 대학을 졸업하고, 취직을 못해 빈둥거리는 동안 아버지의 이름으로 뭔가를 가르치려 했다.

"네 아버지를 기다리는 동안 나는 누구의 이야기를 들어도 눈물이 났단다. 내가 같이 울어 주니 사람들이 좋아하더구나. 난 내 그리움에 겨워 눈물이 났는데도 말이다."

어머니가 자신보다 덩치가 커 버린 아들을 앞에 두고 하는 말이 그리움에 관한 이야기였을 때, 석훈은 웃음이 나오려고 했다.

그리움이라니.

그때 석훈에게 그리움이나 사랑은 쓸모없는 단어였다. 하지만 어머니에게는 그것이 살아가는 힘이었다. 아무리 사소한 이야기에도 눈물을 찍어 대는 어머니에게는 밤늦도록 찾아오는 이웃이 있었다. 그들은 자신의 하소연이 끝나 갈 때쯤 어머니가 눈물을 흘리며 잡아 주는 손이 진심 어린 위로라고 믿었다.

그렇게 어머니는 남의 슬픔에 자신의 슬픔을 돌아보면서 아버지를, 아버지의 편지를 잊어 가고 있었다.

*

아버지의 편지를 챙겨 넣은 석훈은 박물관이 아닌 공연장을 먼저 구상했다. 많은 사람들에게 소리를 전달하려면 커다란 공명을 주어야 했다. 석훈은 안이 아닌 밖을 선택했고, 박물관을 둘러싼 야외공연장에 초점을 맞춰 설계를 했다.

박물관 내부는 간결했다.

성 계장은 바로 그 점이 좋다고 했다. 거미줄처럼 얽힌 설계도는 알아볼 수도 없지만 그걸 들여다보고 있자니 답답했다며, 석훈의 설계도는 간단해서 좋았다고 덧붙였다. 어쨌든 보기 쉬운 게, 지어 놔도 편하고 좋은 거 아니겠냐고.

"이거 준비하면서 저희들 박물관 많이 견학했습니다. 공부 좀 하라고 보내 준 건데."

여기 살아도 한 달에 두 번은 서울 나들이를 한다며 성 계장이 너스레를 떨었다.

"한, 다섯 군데 둘러봤을 거예요. 다들 잘 지었더라고요. 그래서 그런가, 유물을 보라는 건지 대리석을 보라는 건지……."

말끝을 흐리긴 했어도, 그가 그런 박물관을 좋아하지 않는다는 것쯤은 느낄 수 있었다.

여기 분수대보다 크게만 지어지면 된다는 농담과

함께 성 계장은 손에 들고 있던 봉투를 열어 석훈에게 보였다.

"지금부터는 인기투표나 마찬가지예요. 이 설문지 평가가 좋아야 한답니다."

설명회 자료에 맞게 작성된 개별 설문지였다.

심사위원과 시장이 배제된 채 참석자들이 작성할 설문지라고 했다. 미리 설명회 자료를 받은 것도, 공개 설명회를 두 시간으로 잡은 것도 이것 때문이라고 했다.

삼 층 높이의 박물관치고 꽤나 복잡한 절차였다. 석훈이 당황한 표정을 짓자 성 계장이 미안한 듯 웃어 보였다.

"그게 위에서 내려온 지시예요. 설문지 내용을 미리 알면 거기에 맞게 설명회를 진행할 테니까요."

성 계장이 변명처럼 늘어놓았지만, 그의 말처럼 미리 알았더라면 설문지에 맞게 진행을 했을 것이다.

이제 석훈은 참석자들이 설문지를 작성하는 동안 보충 설명을 해야 했다.

성 계장이 미리 보겠냐며 한 부를 꺼내어 석훈에게 건넸다.

설문지 내용은 얼마나 대중적인지에 중점을 두었다.

한 장 한 장 넘겨 보던 석훈은 저도 모르게 웃음이 나왔다. 자신이 준비한 자료가 질문이 되어 돌아왔다.

설문지의 문항은 열다섯 개였다.

모든 문항이 석훈의 주제인 '기억과 소리'를 묻고 있었다.

*

어머니는 어느 순간이 지나자 아버지도, 아버지의 편지도 기다리지 않는다고 했다. 하지만 석훈은 어머니도 자신처럼 아버지의 편지를 기다린다고 믿었다. 아버지를 기다리지 않는 사람이 남의 이야기에 기대어 눈물을 흘릴 수는 없었다.

석훈이 어머니가 전하는 그리움에 대한 이야기를 끝까지 들은 것도 여전히 아버지를 사랑하고 있는 어머니의 마음을 엿보고 싶어서였다. 하지만 어머니의 당부는 늘 아버지를 잊어야 한다는 말뿐이었다.

"그러니 너는 그리워하지 말아라. 그리움이 많은 사람은 뒤처져도 그것을 모른단다. 주춤거리느라 늘 헷갈리며 살지."

어머니 또한 자신의 치명적인 실수에 대한 이야기

를 하고 있었다.

*

 분수대에선 여전히 힘없는 물줄기가 흘러내렸다.
 석훈은 큰 숨을 내쉬었다. 이곳에 기억과 소리를 간직할 무덤 형상의 박물관이 세워진다면, 석훈은 아버지도 어머니도 아닌 자신의 치명적인 실수를 가둘 수 있을 것 같았다.
 그러다 이런 생각도 떠올랐다.
 아버지의 치명적인 실수는 엿장수에게 팔아넘긴 쇠붙이가 아닌, 아버지를 그리워하게 만든 것인지도.
 석훈은 우륵의 두려움이 전해지는 듯했다. 아버지가 땅속에 숨겨진 돌의 조각을 찾아 떠났듯이 우륵도 소리를 남기기 위해 신라로 떠난 것이리라. 어쩌면 우륵 또한 아버지가 말한 돌의 기억을 믿었는지도 모른다.
 아버지의 마지막 편지에는 두렵지만, 행복하다고 쓰여 있었다. 이 끝과 저 끝에 새겨진 돌의 조각들이 어느 한 날, 어느 한 시에 서로를 찾게 되는 순간을 기다린다고.
 그런 순간을 아버지는 만나 보았을까?

석훈은 성 계장이 건네준 설문지 위에 자신의 이름을 적었다. 이제는 어머니처럼 아버지를 놓아주어야 했다.
 석훈은 아버지가 물어 오는 질문에 답하듯 설문지의 빈칸을 채워 나갔다.

붉은 밤

최 노인이 빨간색 플라스틱 의자에 앉아 있다. 등받이가 없는 낮은 의자로 다리가 통으로 연결되어 있는 작은 의자이다.

최 노인의 등 뒤에는 낡은 그물망이 쳐진 작은 텃밭이 있다. 빌라의 담장을 허물고 그 자리에 텃밭을 만든 격이다. 그물망 너머의 텃밭에는 푸성귀의 꽃대가 올라왔다. 그동안 누가 씨를 뿌리고 모종을 심고 물을 주었는지 최 노인은 기억나지 않는다. 담장의 벽돌을 깨고, 부순 기억에 더해 무너진 벽돌을 치우고 끈으로 사방을 두른 기억은 남아 있다. 지금보다 훨씬 젊은 시절의 일이었으니 최 노인도 손에 흙을 묻히고 땀을 흘려 가며 텃밭을 만들었을 것이다. 이 모든 기억이 분명한데도 도무지 기억나지 않는 한 사람을 최 노인은 기억해 내고 싶다.

텃밭을 등지고 앉은 최 노인은 그를 기억하기 위해 눈을 뜨고, 눈을 감아도 본다.

 하지만 사람들은 최 노인이 눈을 뜨고, 눈을 감는 이유를 알지 못한다. 그저 눈을 뜨고 눈을 감고 있는 최 노인의 앞을 지나칠 뿐이다.

 그게 전부다. 사람들은 최 노인에게 관심이 없다. 아침마다 마주쳤던 환경미화원과 통학버스에서 내려 유치원으로 들어가는 아이들 정도만 텃밭을 바라보며 고개를 갸우뚱거릴 뿐이다.

*

 최 노인은 사람들의 발길을 기다렸다. 사람들이 다 가오면 건넬 말도 미리 준비해 두었다.

 "새가 날지 않아요."

 "새요?"

 이렇게 되물어 온다면 손을 들어 유치원의 정원과 나무를 가리키려 했다. 그러면 사람들은 최 노인의 손끝을 따라 고개를 돌려 가며 유치원을 바라보았을 것이다.

 최 노인이 가리킨 유치원은 이 동네의 이정표와 같은 곳이다. 길게 이어진 비탈의 시작에 유치원이 있어, 이쪽과 저쪽의 길을 찾는 사람들에게 기준이 되어 주었다.

이쪽은 비탈길을 따라 낡은 빌라들이 이어져 있답니다. 빌라 앞으로 나 있는 이 길이 차도 같아도 분명 인도입니다. 그러니 주차된 차를 피해 조심히 올라가세요.

저쪽에 있던 옛것들은 이미 사라진 지 오래입니다. 예전에는 없던 것들이 들어섰지요. 하늘을 가로막고 있는 저곳으로 가려면 횡단보도를 건너야 합니다. 유치원을 지나 이 길을 따라가면 횡단보도가 있습니다. 횡단보도를 건널 때는 손을 번쩍 들어야 하지요. 그러면 저쪽에 도착한답니다.

최 노인도 그랬다. 누군가 길을 물어오면 유치원을 시작으로 길을 알려 주었다.
최 노인은 이쪽과 저쪽의 길뿐만 아니라 유치원의 곳곳도 훤히 그릴 수 있다. 그도 그럴 것이 최 노인이 사는 빌라는 유치원과 담장 하나를 사이에 두고 있었다. 용도가 유치원을 가르는 기준인 것마냥 담장은 빌라와 유치원의 경계를 정확히 구분했다.

최 노인은 이 층 베란다에 앉아서 유치원이 지어지는 과정을 모두 지켜보았다. 땅을 고르고, 다지고, 벽돌을 쌓고 올리고 내리는 순간들이 반복되자 거짓말처럼 유치원이 생겨 났다.

다른 유치원과는 분명 달랐다. 무엇보다 유치원 마당을 정원처럼 꾸민 나무와 나무에 둘러싸인 놀이터가 유독 눈길을 끌었다. 정문을 지나 교실까지 이어지는 길에도 사철나무와 장미를 심어 놓았다.

몇 해가 지나자 미끄럼틀과 그네 위로 나무의 그림자가 길게 그려졌다. 어느 해부터는 잎이 무성한 가지의 끝이 늘어지기도 했다. 고개를 숙이고 지나가는 선생님들과 달리 아이들은 고개를 들고 늘어진 나뭇가지의 끝을 올려다보았다.

"앞을 보고 천천히. 차례차례 천천히."

선생님의 구령과 아이들의 네네, 소리가 최 노인이 사는 이 층까지 고스란히 전해졌다.

최 노인은 아이들의 목소리가 들리면 거실의 창문을 열고 담장 너머를 내려다보았다. 아이들은 앞이 아닌 놀이터를 바라보고 있었다.

놀이터에는 커다란 배 모양의 미끄럼틀과 두 개의 그네가 나란히 서 있었다. 해적선이라 적힌 미끄럼틀의 지붕에는 녹색 모자를 눌러쓴 선장이 비탈길을 올려다보고 있었다. 그 옆으로 선장을 응원하듯 두 개의 그네가 번갈아 가며 움직였다. 아이들의 시선이 선장의 눈길을 따라 길게 이어지면, 최 노인도 아이들의 눈길을 따라 비탈의 끝을 올려다보았다.

몇 해가 더 지나 사철나무가 빌라와 유치원을 가르는 담장의 높이까지 자랐을 때였다. 사람들은 길을 가다가도 문득, 걸음을 멈추고 아치형의 정문 앞에서 유치원 안을 들여다보곤 했다.

새가 날았다. 울기도 했고, 나무 위에 둥지를 틀고 먹이를 나르기도 했다.

길고양이도 찾아왔다. 새를 잡기 위해 나무에 오르는 길고양이도 있었고, 어미를 잃은 새끼 고양이도 있었다. 이런 새와 길고양이가 문제의 시작이었다. 처음에는 새와 길고양이의 배설물이, 그다음에는 새와 길고양이의 울음소리가 문제를 만들었다.

새와 길고양이의 배설물이 유치원 곳곳에 빗방울처럼 떨어졌다. 아이들이 길고양이의 똥을 밟아 대면, 새는 하늘에서 아이들의 머리 위에 똥을 쌌다.

울음소리도 문제였다. 배고픈 길고양이와 쉴 새 없이 울어 대는 새의 울음소리에 사람들은 귀를 막아야 했다.

모두 나무를 탓했다. 걸음을 멈추고 유치원을 돌아

보던 사람들의 호기심도 사라졌다. 사람들은 빈틈없이 자란 나무들이 새와 길고양이의 은신처를 만들어 주고 있다며 투덜거렸다.

최 노인은 상관없었다. 아내가 죽던 그해에 유치원이 들어섰다. 그 전에는 그냥 공터였다. 주차장으로 쓰일지도, 고물상으로 쓰일지도 모른다는 소문이 지루하게 달렸던 공터에 커다란 나무가 가득한 유치원이 들어섰다. 지금의 유치원을 아내가 보았다면, 어김없이 큼직과 끔찍을 헷갈려 하며 몇 번이고 둘의 차이를 물었을 것이다.

"나는 크면 다 끔찍해요. 모두가 다 끔찍해요."

이제까지 아내가 살아 있었다면, 최 노인은 큼직하게 자란 나무를 모두 베어 내게 되었다고 아내에게 알려 주었을 것이다.

이웃집 남자는 꼭 오 년 만이라고 했다. 이사를 왔던 오 년 전에도 지금처럼 나무가 베어졌다고 이웃집 남자가 말했다. 오 년이 금세 지났다고, 그때도 시퍼렇게 자란 나무의 가지를 저렇게 가차 없이 베어냈다고 했다.

오 년 전에도 최 노인은 베란다 앞에 서서 유치원을 내려다보았을 것이다. 하지만 남자처럼 나무가 베어진 날의 기억은 남아 있지 않았다.

"그때처럼 일주일이겠죠?"

남자가 말했다. 그러니까, 일주일만 참으면 정글 같은 저곳이 말짱해질 거라고 했다.

일주일까지는 아니었다. 수요일에 시작한 작업은 다음 월요일에 끝이 났다. 나무가 베어지는 닷새 동안 최 노인은 텃밭을 등지고 의자에 앉아 있었다.

첫날부터 톱의 굉음과 먼지가 사방으로 흩어졌다. 제일 먼저 베어진 나무는 은행나무였다. 그다음에는 단풍나무와 사철나무가 차례대로 베어졌다. 나뭇잎을 쳐내고, 나뭇가지를 자르고 떨어진 나뭇잎을 한데 모아 쓸어 내고 자루에 담는 비질 소리가 최 노인이 앉아 있는 텃밭까지 들려 왔다.

"새똥보다 참을 만하네요."

창문을 닫아걸며 이웃들이 말했다.

"아무렴요. 까마귀가 울어 대는 것보다는 낫겠죠."

최 노인은 눈을 감은 채 나뭇잎이 쓸리는 소리를 들었다. 바람에 날린 잎과 가지가 최 노인이 앉아 있는 자리로 날아왔다. 새순이 튼 나뭇가지도 있었다. 최 노인이 가지를 모아 손바닥 위에 올려놓았다.

그날, 최 노인은 죽기로 결심했다.

*

이런 것을 기억하던 때가 있었다.

이 시절의 최 노인은 젊고 가난했다. 굶주린 배를 채우기 위해 집을 나섰고, 추위를 피하기 위해 일을 찾아야 했다. 산을 넘었던 기억에 더해 오래도록 길을 걸었던 기억이 있다. 바닷물이 밀려난 자리에 검은 밑바닥을 훤히 드러낸 바다를 보았던 기억도 있다.

보름달이 뜬 붉은 밤의 기억이었다.

산을 등지고 한참을 걸었던 기억도 남아 있다고 말해야겠다. 그날, 밤길을 따라 내려온 최 노인은 높은 담벼락과 마주 섰다. 담벼락 위에는 가시덤불 같은 철망이 길게 이어져 있었다. 열여섯 살 때의 기억이었다. 담벼락 너머에는 많은 공장들이 있었다. 최 노인은 가장 큰 공장에서 일을 했다. 그곳에서 무엇을 만들었는지 알기까지 십 년이라는 세월이 필요했다.

최 노인은 철을 녹였다. 녹인 철을 틀에 부어 작은 고리를 만들었다. 수많은 고리가 부딪히며 날카로운 소리를 냈다.

어쩌다 밖에 나가면 다른 공장에서 일하는 사람들과 우연히 마주치곤 했다. 사람들은 때 묻은 손을 내밀며 고백하듯 서로의 일을 주고받았다.

"난 혀처럼 길고 동그란 관을 만들지."

"난 납작하지만 각이 진 네모난 판을 만들어."
"네모라고? 난 둥근데."
"난 뾰족한 꼬챙이처럼 길고 가늘어."
서로의 일에 대해서 나누는 건 그때뿐이었다.

공장에서 공장까지 가려면 말을 타야 했다. 말을 타고 다니는 사람들은 모두 일본인이었다. 그들은 머리에서 꼬리까지 윤기가 기름처럼 흐르는 말을 타고 다녔다. 말발굽 소리가 사람들의 목소리보다 더 크고 당당하던 시절의 이야기였다.

말발굽 소리가 요란한 날이면 최 노인은 꿈을 꾸었다. 커다란 말이 춤을 추는 꿈이었다. 말의 춤사위 아래에는 말발굽에 눌린 사람들이 피를 흘리며 쓰러져 있었다. 그 옆으로 제복을 입은 일본군이 팔짱을 낀 채 웃고 있었다.

꿈속에서도, 꿈 밖에서도 최 노인은 소리를 질렀다. 한 방에 모로 누운 열 명의 동료가 최 노인을 내려다보았다.

"쉿! 너만 꾸는 꿈이 아니야."

최 노인이 입을 다물었다.

며칠 후 최 노인은 동료들과 함께 공장을 탈출했다. 목숨을 건 탈출은 아니었다. 그때는 목숨을 어떻게 걸어야 하는지 알지 못했다. 최 노인은 집에 가고 싶었다. 밤길을 걸어 한참 만에 집에 도착했다. 집으로 돌아온 최 노인은 석 달 동안 산에서 숨어 지냈다. 가족들이 권했고, 탈출하기 전 동료들과의 약속이기도 했다.

그리고 십 년이 흘렀다. 그 사이 최 노인은 아내를 얻었다. 머리숱이 많고, 바느질을 잘하는 여자였다.

최 노인은 전쟁터에 나갔다. 전쟁터에서 사람을 죽였다. 총을 겨눴고, 방아쇠를 당겼다. 십 년 전, 철을 녹여 가며 만든 작은 고리를 전쟁터에서 다시 보았다. 손가락을 걸어 당기는 방아쇠의 고리였다. 그 고리에 손가락을 끼고 사람을 죽였다.

전쟁에서 돌아온 최 노인은 어린 아내에게 사람을 죽였다고 말했다.

"몇 명이나요? 많지는 않겠죠?"

아내가 물었다.

"한 명은 아닐 거요. 그것보다는 많을 거요. 그렇다고 백 명은 넘지 않을 거요."

최 노인은 오래도록 한 명보다는 많고 백 명보다는 적은 수를 헤아리며 살았다.

최 노인이 기억하는 스물여섯 살 때의 일이었다.

최 노인에게는 이런 시절도 있었다. 아름다운 시절

이었다.

똑, 똑.

바닷물을 가둔 저수지에 하얀 꽃이 피었다.

물 위로 살포시 드러나는 그 꽃을 최 노인은 좋아했다. 꽃이 소리 없이 떨어질 때면 최 노인의 눈길도 꽃을 따라 떨어졌다.

또르르.

물속에서 투명하게 빛나는 희고 고운 소금꽃이었다.

*

최 노인이 의자를 사러 가던 날의 일이다.

가을이었고, 그날 최 노인은 아침 일찍 딸의 전화를 받았다. 딸의 전화를 받기 전에는 베란다에 서서 밖을 내려다보았다. 유치원 앞을 지나는 행인들이 있었고, 그들의 시선이 유치원을 향할 때면 최 노인의 눈길도 유치원을 향했다.

이른 아침이라 유치원에는 아무도 없었다. 대신 잎이 무성한 나무와 새와 미끄럼틀과 그네가 어제처럼 그 자리에 있었다.

딸의 전화를 받기 전까지 최 노인은 의자를 사고

싶은 마음이 없었다. 하지만 전화를 끊고 나자, 최 노인은 밖으로 나가 사람들을 보고 싶었다. 안은 적막했고, 밖은 밝고 사람들의 소리가 있었다. 그런 곳에 앉아 있으려면 의자가 필요했다.

집을 나온 최 노인은 한참을 걸었다. 낯익은 풍경들이 최 노인을 지나갔다. 비탈길을 내려와 횡단보도를 건너 저쪽으로 향했다. 저쪽에서 다시 한참을 걸어 가게에 도착했다.

"큼직한 의자는 안 살 테요. 큼직한 건 끔찍할 테니 말이요."

문을 열자마자 최 노인이 말했다.

찾는 게 작은 의자냐고 가게 주인이 물었다.

최 노인은 고개를 끄덕였다.

커다란 검정 비닐봉지에 의자가 담겼다. 최 노인은 봉지를 길게 늘어뜨린 채, 질질 끌며 집으로 돌아왔다.

집 앞에 도착한 최 노인은 낡은 그물망이 쳐진 텃밭을 등지고 의자에 앉았다. 가을이었으니 누구도 다음 해 봄까지 최 노인이 그 자리에 앉아 있을 거라고는 생각하지 못했다.

의자에 앉은 최 노인은 맞은편 빌라를 쳐다보았다. 진갈색의 벽돌이 군데군데 떨어져 나간 낡은 빌라였다. 저녁이면 빌라의 옥상 너머로 붉은 해가 졌다. 아름다운 노을이었지만 이제는 보이지 않았다. 최 노인이 기억하는 건 이런 것들이었다. 사라지지 않았지만 보이지 않는 것들. 그런 것들을 최 노인은 기억해 내고 싶었다.

아주 오래전, 맞은편 빌라 너머에는 소금꽃이 떨어지는 염밭이 있었다. 염밭이 있던 그 시절의 최 노인은 희고 작은 소금 알갱이를 긁어모으는 일을 했다. 철을 녹이고, 고리를 만들고, 전쟁터에 나가 총을 쏘던 그다음의 일이었다. 수차를 돌리고 바닷물을 모으고, 염밭의 소금이 꽃이 되어 떨어지면 최 노인은 떨어진 소금 알갱이를 모아 흰 무덤으로 쌓아 올렸다. 최 노인의 삽질에서 푹푹한 소리가 났다.

최 노인은 그 소리를 기억해 내기 위해 눈을 감았다. 그 시절의 기억을 떠올리며 눈을 뜨고 눈을 감는 동안 사람들이 최 노인의 앞을 지나쳐 갔다. 교복을 입은 남자아이와 그 뒤를 따르던 여자아이. 배가 불룩한 여자아이는 마냥 웃고 있었다. 책가방을 멘 아이들도 지나갔다. 엄마와 나란히 걷는 아이들과 저 혼자 땅을 내려다보며 걷던 아이. 아이는 최 노인과 눈이 마주치자 인사를 했다. 안녕하세요. 그런 아이가 있었다. 길을 묻는 사람도 있었다.

그러니까, 이쪽은. 그러니까, 저쪽은. 최 노인의 손짓이 이쪽과 저쪽을 가리키며 길을 알려주었다.

다시 눈을 뜨고, 눈을 감으면 또 다른 사람들이 지나갔다. 키가 작은 사람과 키가 큰 사람. 구두를 신은 사람과 운동화를 신은 사람. 앞을 보며 걷는 사람과 땅을 보며 걷는 사람. 모두 제각각이었다. 드물게 하늘을 보며 걷는 사람도 있었다.

사람만큼 개와 고양이도 지나갔다. 목줄에 끌려 주인을 따르거나, 주인이 없이 떠도는 개와 길고양이가 있었다.

그날은 떠돌이 개 한 마리가 컹컹대며 지나가던 날이었다. 개를 피해 주춤거리던 사람들이 최 노인에게 다가왔다.

"할아버지 여기서 뭐 하세요?"

사람들이 물었다.

"눈을 뜨고 있지."

최 노인이 말했다.

사람들이 다시 물었다.

"여기서 뭐 하세요?"

최 노인이 말했다.

"눈을 감고 있지."

사람들은 최 노인의 말을 이해하지 못했다.

"왜 저러고 있을까요?"

"사연이 있겠죠."

"무슨 사연이요?"

"저 나이에 사연 하나 없을까요."

"글쎄 무슨 사연이요?"

"할아버지잖아요. 혼자 사는 할아버지."

*

최 노인은 나이가 많다. 나이가 많다는 이유로 사람들은 최 노인을 좋아하거나 싫어한다. 최 노인의 딸도 마찬가지였다. 나이가 많은 아버지를 좋아하다가도, 아버지의 많은 나이를 생각하면 금방이라도 터질 것 같은 풍선처럼 마음이 불안해졌다. 그런 날이 와도 놀라지 말아야지 다짐하지만 풍선의 잔해가 제 몸에 튈 것 같은 공포는 어쩔 수가 없었다.

아버지보다 오래 살길 바랐던 어머니는 이미 죽었다. 어머니의 죽음은 평안했지만, 아버지의 삶은 평안해 보이지 않았다. 무엇보다 최 노인은 죽은 사람들을 그리워했다.

가끔 아버지에게 전화를 걸어 안부를 물으면, 최 노인은 대답이 아닌 휴대전화기 너머로 가쁜 숨소리만

들려주었다.

"……"

"괜찮으시죠?"

딸이 물었다.

최 노인은 대답 대신 고개를 끄덕였다.

"……"

최 노인의 딸은 아버지의 안부를 확인해야 했다. 서둘러 전화를 끊고 아버지의 집으로 향했다.

전화를 끊은 최 노인은 한참 동안 가만히 앉아 있었다. 생각은 하고 있지만 무엇을 생각하고 있는지, 도무지 생각나지 않는 순간들이 많아졌다.

괜찮냐고 묻던 딸의 목소리조차 기억나지 않았다. 최 노인이 기억하는 건 짧은 통화 그 하나였고, 전화를 받고 나서는 자신이 앉아 있다는 것 외에는 기억나지 않았다.

최 노인은 어둑한 방 안을 둘러보았다.

아내는 죽었다. 아내가 죽고 나자 아내의 살림살이도 사라졌다. 처음에는 옷이 사라졌고, 다음에는 신발이, 가방이, 그리고 숟가락과 젓가락이 사라졌다. 그릇이 그랬고, 이불이 그랬고, 아내의 양말이 그랬다. 아내가 아끼던 실과 바늘도 사라졌다.

시간이 갈수록 최 노인은 물건에도 발이 있다고 믿

었다. 그래서 집을 나서기 전이면 앞으로 사라지게 될 물건들을 눈여겨보았다. 그리 많지 않았다. 사라진 아내의 물건들과 비슷한 물건들이 조금 남아 있었다. 최 노인의 옷이 있었고, 신발이 있었고, 숟가락과 젓가락, 밥그릇이 있었다. 그리고 아직 개지 않은 이불 정도가 최 노인의 물건이었다.

최 노인은 밖으로 나갈 준비를 했다. 아직 이불을 개지 않은 걸로 봐서 아침이라고 믿었다. 최 노인은 방바닥을 짚고 힘겹게 자리에서 일어났다. 세수를 하고 거칠게 자란 수염을 가지런히 모았다.

어제는 밤새도록 창문이 들썩였다. 제대로 닫지 않은 창문 사이로 바람이 새어 들었다. 아귀가 맞지 않은 문이 덜컹거렸고, 아무렇게나 엎어 놓은 그릇이 제멋대로 무너졌다. 창문을 닫으면 될 일이었지만, 최 노인은 꼼짝도 하지 못했다.

그럴수록 죽은 아내의 기억이 더욱 또렷해졌다.

"문 닫아요. 벌레 들어와요."

벌레라면 끔찍해하던 아내의 목소리가 시작이었다. 그리고 이어지는 '끔찍한'의 기억. 최 노인의 아내는 '끔찍'과 '큼직'을 매번 헷갈려 했다. '끔찍'이라 쓰고 '큼직'으로 읽었고, '큼직'을 쓰고도 '끔찍'으로 읽었다.

"많이 다르죠?"

아내가 물었다.

"다르지. 분명 다르지. 그런데 같아 보여?"

최 노인이 아내에게 물었다.

"나는 비슷해요. 많이 비슷해요."

그리고 중얼거리는 아내의 말이 다시 이어졌다.

"나는 크면 다 끔찍해요. 모두 다 끔찍해요."

아내가 죽기 얼마 전의 기억이었다. 최 노인만 아는 기억이었고, 지우고 싶은 아내와의 기억이기도 했다.

늦은 밤이었고, 최 노인이 눈을 떴을 때 아내는 바늘귀에 실을 꿰고 있었다.

"무엇 하오?"

최 노인이 아내에게 물었다.

"당신 이불 속으로 벌레가 들어갔어요."

"벌레?"

"커요. 끔찍해요. 그래서 나는 더 끔찍해요."

최 노인의 아내는 벌레를 보았다고 했다. 커다란 벌레가 최 노인의 이불 속으로 기어 들어갔다고 했다. 아내는 코를 박아 가며 최 노인의 옷자락과 요를 맞대어 한 땀 한 땀 바느질을 이어 갔다. 최 노인은 움직이지 않았다. 아내를 위해 벌레가 되어 주고 있었다.

아내의 바느질은 한참 동안 이어졌다. 바느질을 끝낸 아내가 잠이 들면, 최 노인은 그제야 요를 등에 업고 자리에서 일어났다. 커다란 요가 최 노인의 몸을 감싸안았다. 최 노인이 움직일 때마다, 등이 굽은 커다란 벌레가 꿈틀대는 것 같았다.

그 후로도 몇 번, 아내의 바느질이 있었다. 최 노인이 잠이 들면 아내는 요와 최 노인의 옷자락을 맞잡고 촘촘하게 바느질을 했다. 벌레가 들어갔어요. 아주 커다란 벌레예요. 이쪽을 막아야 해요. 저런, 저쪽으로 도망을 갔어요. 저쪽도 막아야 해요.

때로 최 노인은 아내의 행동이 무서웠다. 아내의 바늘 끝이 옷자락과 사각대는 요의 끝자락이 아닌 살갗을 파고들 것만 같았다.

이제 와 생각하면 문제될 것은 없었다. 아내는 실수하지 않았다. 정확히 옷자락과 요의 끝을 잡아채 가며 바느질을 해 나갔다.

아내가 잠이 들면 최 노인은 요를 등에 업고 일어나 앉았다. 언제부터인가 자리에 앉는 순간, 실이 뜯겨 나갔다. 바늘땀의 힘이 사라지고 있었다. 얼마 후, 최 노인의 아내도 사라졌다.

문제는 그다음부터였다. 아내가 죽은 뒤로 최 노인은 모든 것이 문제였고, 모든 것이 괜찮지 않았다. 무엇보다 죽은 아내를 생각하면 모든 것이 큼직하고 끔찍해서 잠을 잘 수가 없었다. 그런데도 괜찮냐고 묻는 딸의 안부 전화에는 언제나 고개를 끄덕였다. 고개를 끄덕이면 그 순간은 괜찮은 것 같았다.

*

 의자에 앉으면 시야가 좁아졌다. 하늘도 보이지 않았다. 마주한 사 층 높이의 빌라와 상가 건물이 하늘을 가리고 있었다. 하늘을 보려면 고개를 높이 쳐들어야 했다. 최 노인이 고개를 쳐들자, 이마에 짙은 주름이 잡혔다.
 하늘에서 보는 최 노인의 얼굴은 고르고 넓적했다. 하나로 뭉친 눈과 코와 입과 귀가 고른 땅처럼 보였다. 최 노인은 그런 얼굴로 하늘을 오래도록 올려다보았다. 그러다 눈이 시리면 고개를 숙이고 두 눈을 깜빡거렸다.
 최 노인의 행동이 반복됐다. 아침이 되면 텃밭을 등진 채 의자에 앉았고, 해가 지면 다시 집으로 돌아갔다. 사람들도 쉬지 않고 최 노인의 앞을 지나쳐 갔다. 어느 날, 호기심 많은 사람들이 최 노인에게 다가왔다.

"여기서 뭐 하세요?"

사람들은 늘 이런 것을 궁금해했다.

"눈을 뜨고 있지. 눈을 감고 있지."

"어제도 그러셨는데. 오늘도 그러세요?"

사람들이 물었다.

매일같이 하는 일이라고 최 노인이 말했다. 하루에도 수백 번, 수천 번 눈을 뜨고 눈을 감는다고 말했다. 그때마다 시간이 흘렀다. 최 노인의 시간이 흘렀고, 사람들의 시간이 흘렀다.

최 노인이 눈을 뜨고, 눈을 감는 순간이었다. 최 노인의 앞을 지나가는 사람들 중에 최 노인의 딸도 있었다.

"아버지."

딸이 최 노인을 불렀다.

텃밭을 등진 채 앉아 있는 최 노인과 딸의 두 눈이 마주쳤다. 딸은 최 노인을 보자 안도의 숨을 내쉬었다.

"아버지……."

최 노인은 딸을 기억했다. 최 노인이 기억하는 몇 가지 중 하나였다. 최 노인의 기억 속에는 눈앞의 딸과 이런 것들이 남아 있었다. 소를 몰던 어린 날과 젊고 가난했던 시절, 높은 담벼락과 윤기 흐르던 말의 춤사위, 피 흘리며 죽어가던 사람들의 꿈과 땀, 그리고 총의 고리와 총의 부리, 하나보다는 많고 백보다는 적은 사람의 수. 죽은 사람들을 대신한 듯 물 위에 뜨던 하얀 꽃과 흰 무덤. 바닷물이 마를 때까지 수차를 돌리던 시간들. 그중 푹푹한 삽질의 끝이 가장 평화로웠다고 아내에게 수줍게 말하던 순간도 최 노인은 어렵게 기억해 냈다. 그런데도 기억해 내고 싶은 그 하나가 여전히 떠오르지 않았다.

최 노인이 다시 눈을 뜨고, 눈을 감았다.

*

최 노인이 죽기로 결심한 그날을 시작으로 다섯 번의 낮과 다섯 번의 밤이 지났다.

첫째 날에는 장비를 실은 트럭을 타고 인부들이 왔다. 전동 톱과 쇠톱, 날카롭게 날이 선 크고 작은 낫이 유치원 마당에 원을 그리며 부려졌다. 인부들은 말이 없었다. 말없이 망사를 내리고, 모자를 깊게 눌러 썼다. 나무를 자를 때도 말이 없었다. 한 사람이 잔가지를 치고 잎을 쳐내면 다음 사람이 큰 가지를 잘랐고, 그다음 사람이 나무의 줄기를 톱으로 베어 냈다. 한참을 베고 나자 나무의 잔해가 인부들의 무름만큼 쌓여 갔다. 해가 질 무렵이었다. 인부들은 쌓인 나무의 잔가지를 굵은 끈으로 억세게 묶었다.

다음 날에도 그다음 날에도 인부들의 작업이 반복됐다. 많은 나무들이 잘려 나갔다. 은행나무가 잘리고, 단풍나무가 잘리고 담장을 따라 심어진 사철나무와 장미의 웃자란 가지가 잘려 나갔다.

놀란 새들이 퍼드득 날아올랐다. 아침마다 찾아들던 까마귀도 보이지 않았다. 유치원 아이들은 제각각 희고, 파랗고, 노란 마스크를 쓰고 다녔다.

"말하지 않아요. 입을 꾹, 다물어요. 네네, 선생님도 크게 외치지 않아요."

아이들이 마스크 위로 손을 올렸다.

밤이 되어 집으로 돌아가기 전까지, 최 노인은 텃밭을 등지고 앉아 이 모든 것을 지켜보았다. 요란한 톱질의 굉음도, 콧속을 파고들던 나무의 잔 찌꺼기 같은 먼지도 최 노인은 삼켜 냈다.

때로 최 노인의 발밑으로 새순이 돋은 가지가 쓸려 오기도 했다.

인부들이 쳐낸 나무의 가지가 너무 크고, 너무 많았다. 최 노인은 아내의 목소리가 떠올랐다. 이 모든 것이 끔찍해졌다.

"나는 크면 다 끔찍해요. 모두가 다 끔찍해요."

최 노인은 아내의 소리를 몇 번이고 되뇌었다.

*

최 노인의 죽음은 간단했다. 아침이 왔고, 베란다의 창문을 열어 밖을 내다보았다.

유치원의 나무가 모두 베어졌다. 담장을 넘어왔던 사철나무와 장미의 가지도 사라졌다. 대신 깨진 벽돌과 금이 간 담장의 길이 훤히 드러났다.

그날도 최 노인은 밖으로 나갔다. 어제처럼 텃밭을 등지고 빨간색 플라스틱 의자에 앉았다. 인부들이 도착했다. 전날보다 늦은 시각이었다. 아이들은 인부들이 오기 전에 유치원 안으로 들어갔다.

"오늘까지만 참아요. 오늘까지 네네, 선생님도 외치지 않아요."

마스크를 착용한 아이들이 담장을 따라 안으로 들어갔다.

마지막 날에는 나무를 베지 않았다. 바닥에 깔린 나무의 잔해를 쓸어 인부들이 자루에 담았다. 첫날보다 빠른 비질 소리였다. 금세 자루가 채워졌다. 하나가 채워지고 둘이 채워지고, 셋이, 넷이 채워졌다. 먼지가 사방으로 흩어졌다. 사람들은 먼지를 피하기 위해 도망치듯 유치원 앞을 지나갔다. 빠르게 걷다가도 간혹 최 노인을 향해 고개를 돌리는 사람들이 있었다. 어쩌다 최 노인과 눈이 마주친 사람들이 최 노인에게 다가왔다.

"여기서 뭐 하세요?"

사람들이 물었다.

최 노인은 미리 준비한 말을 들려주었다.

"새가 날지 않아요."

최 노인의 손끝이 유치원을 가리켰다.

"새요?"

최 노인의 계획대로 사람들이 유치원의 나무를 바라보며 두리번거렸다.

그게 전부다. 사람들은 최 노인에게 관심이 없다.

"먼지만 일고 있는걸요."

사람들이 눈살을 찌푸렸다.

최 노인은 다시 눈을 뜨고 눈을 감았다.

힘없이 날리던 작은 가지가 최 노인의 자리로 밀려왔다. 새순이 돋은 작은 가지였다. 허리를 굽힌 최 노인이 가지를 집어 올렸다. 가벼운 현기증을 느낀 최 노인은 텃밭을 뒤돌아보았다. 그물망 너머로 푸성귀의 꽃대가 올라오고 있었다.

최 노인은 여전히 떠오르지 않는 하나를 기억해 내

기 위해 눈을 뜨고 눈을 감으려 했다. 하지만 눈앞이 뿌옇게 흐려졌다. 손에 쥐고 있던 가지를 보기 위해 다시 눈을 뜨고, 감았을 때였다. 감겼던 눈이 다시 떠지지 않던 그 순간, 최 노인은 생을 마감했다.

*

최 노인의 죽음을 발견한 건 전봇대에 오줌을 싸던 떠돌이 개였다. 떠돌이 개는 가던 길을 멈추고 최 노인의 신발을 오래도록 핥았다.

며칠 후, 장례를 마친 최 노인의 딸은 덩그렇게 놓인 최 노인의 의자를 텃밭의 그물망 안으로 옮겨 놓았다. 해마다 소매를 걷어붙이고 씨를 뿌리고 물을 주던 최 노인이 그제야 텃밭의 온전한 주인이 된 것 같았다.

작가의 말

처음에는 '곰이 인간이 되는 시간'이었습니다. 그러다 지금의 '아름다운 단편'이 소설집의 제목이 되었지요.

'곰이 인간이 되는 시간'은 무엇인가를 계획하고 실행에 옮길 때, 구호처럼 되새기는 저의 각오입니다.

어느 날, 이런 생각이 들었습니다. '나는 곰에 가까울까? 인간에 가까울까? 곰이라서 인간이 되고 싶은 걸까? 인간이 될 수 있다고 믿는 곰인 걸까?' 같은 질문들을 말이지요. 그래서인지, 가끔씩 곰과 나란히 서 있는 저를 떠올립니다. 둘 사이에 부등호는 없습니다. 그저 나란히 서 있는 곰과 나입니다.

오늘의 철수도 인간이 되고 싶은 곰에서 시작했습니다. 철수는 선아를 다시 만났을 때 드디어 아름다운 단편을 보게 되지요. 그렇다고 철수가 인간이 되었을까요?

늦은 밤, 고가교를 오르던 성태에게는 낭만적인 밤이 필요했습니다. 그 밤, 성태는 이태준의 달밤을 기억해 냈을까요?

 어린 지우는 아래층에 살고 있는 할머니의 죽은 영혼을 끝까지 부여잡습니다. 환하게 웃는 엄마의 사진 한 장을 들고 한국을 찾아온 그는 입양아입니다. 축축한 바닥에 누워 키티가 몰고 온 비구름을 올려다보는 칸도 있습니다. 아버지의 기억을 땅속의 돌처럼 묻는 석훈과 아주 먼 옛날 보았던 붉은 밤의 기억을 오롯이 간직한 최 노인도 있습니다.

 이곳에 실린 여덟 편의 소설은 모두 왼쪽과 오른쪽, 이쪽과 저쪽에서 망설이고 있는 우리들의 이야기입니다.

 이 모든 이야기를 쓸 때 저는 인간이 되고 싶은 곰이었습니다. 어두운 동굴 속에서 어깨를 둥글게 말고, 고개를 숙인 채 책상 앞에 앉아 있는 곰이었습니다.

 더 나은 글을 쓸 수 있다면, 그래서 더 많은 사람들이 아름다운 단편을 읽어준다면, 저는 언제든 순하지만 예민하고, 예민하지만 무던한 곰이 되겠습니다.

2025년 가을
황경란